Re:ゼロ
Re: Life in a different world from zero
から始める異世界生活
短編集6

「あ、あの、姉様の気持ちはすごく嬉しいです。
果報者です。でも、そんな
特別扱いされる理由なんて、レムには……」

『――ラムは、レムのことが大好きよ』
恐縮し、恐れ多いと祝い事を
固辞しようとするレムを、ラムの告白が引き止めた。

「――え、あれ？」

黒髪と漆黒のドレス、やや鋭い目つきが印象的な
その人はナツミ・シュバルツ。
――閉ざされた保管庫の中、ナツミは状況が
呑み込めていない様子で目を瞬かせる。
その、ナツミの手には作り物の白い
石膏の腕のようなものが握られていて。
「――」
閉ざされた保管庫で、
凶器と思われるものを手にして、
ナツミ・シュバルツが立つ。

その蒼い月から降り注ぐ月光が、森の隙間に佇む少女たちを照らす。
そして、『獣』を抱きしめ、古の存在と対峙する少女が息を呑んだ。
何故なら、少女の眼前に立っていたのは――、
「――なるほど。ワタシを見ても平静が
保てるとは、見所がある」

──それは、薄く微笑む
白髪の『魔女』だった。

les my-

# Re: Life in a different world from zero

The only ability I got in a different world "Returns by Death"
I die again and again to save her.

## CONTENTS



..tion
...er et en verre.
...r l'Exposition
...ensuite à Syden-

# Re：ゼロから始める
# 異世界生活
# 短編集6

長月達平

MF文庫J

口絵・本文イラスト●イセ川ヤスタカ

# 『──隠れ里の鬼姉妹Ｅｘ　祝福の日』

1

「祝い事をしましょう」

と、そんな風にラムが言い出したのは、朝の使用人仕事の真っ最中だった。

朝食前、二人がかりで屋敷中の洗濯物を回収していたスバルは、突然のラムの発言に「はあ？」と目を丸くする。洗濯籠を持ったまま、スバルは首をひねり、

「またいきなりだな。いつもなら、そういう突拍子もないのって俺の役目じゃん？」

「つまり、ラムにお株を奪われ、存在価値を失ったバルスがこの世界から消滅する？」

「急にすげぇＳＦチックなこと言い出したな！　そんな壮大な話じゃねぇよ！」

「えすえふ……」

唇に指を当て、聞き覚えのない単語を復唱するラムの姿はやや可愛《かわい》い。が、スバルの関心はラムの仕草ではなく、その突拍子のない発言の方に向いた。

祝い事。それ自体は悪いことでも何でもないが──、

「なんかめでたいことでもあったのか？　祝日とか祝祭とか、そんな感じ？」

祝い事と聞いて、スバルが最初に思いつくのは『冠婚葬祭《かんこんそうさい》』だ。一部、祝い事と呼ぶには語弊《ごへい》のある行事もあるが、大雑把だとそんな具合。それ以外なら、この世界特有のイベントや祭事《さいじ》──クリスマスやハロウィンの類《たぐい》だろうか。

「ああいうのを、やれ玩具《おもちゃ》会社やらお菓子会社やらの陰謀だーって言い始めると、いよいよ世の中の何にも楽しめなくなるよな。そう思わねぇ？」

「何を言ってるやらだけど、話が壮絶《そうぜつ》にズレていくのは感じるわね」

「何事も楽しむ姿勢が大事って話。もちろん、メリハリは必要だぜ？　じゃなきゃ、正月までクリスマスツリーを出しっ放しにして、ご近所の笑い者にされちまう」

菜月《なつき》家ではお祭り好きな父親と、面倒臭がりな母親の意向で、クリスマスからお正月までの大イベントがごった煮にされるのが通例だった。下手をすると、そこにハロウィンのカボチャも加わるので、そのカオスたるやご近所の語り草である。

「カボチャの胴体に赤いサンタ帽の父ちゃんも、今となっちゃいい思い出か……」

「……バルスの地元の黒い儀式はともかく、思いつきや奇祭《きさい》の類ではないから安心なさい。バルスも、日頃からレムに面倒かけ通しでしょう。恩返しする機会よ」

「──？　レムに恩返しって、勤労感謝の日みたいなこと？」

「勤労に感謝、面白い考え方ね。それで、嫌なの？」

「それ、前にレムの休日を作ろうって提案した俺に言っちゃいます？」

ラムの挑発的な物言いに、挑発に弱いスバルは真正面から食って掛かる。

ロズワール邸の日々の安寧に、レムの果たす役割は非常に大きい。正直、レム依存度が高すぎて、何かの理由でレムが休んだ途端、屋敷が潰れると断言できるくらいだ。

以前、一日だけレムに休みをあげたときも、その偉大さを全員が痛感したものだが。

「まぁ、それでレムのための祝い事ってんなら俺も大賛成だ！　姉様の言う通り、レムには毎日世話になりっ放しだし、恩返ししなきゃな！」

「……自分のしたことには頓着《とんちゃく》がないくせにね」

「今、なんか言った？」

「恩返しするのは当然ね。しっかり励《はげ》みなさい、と言ったのよ」

鼻を鳴らし、目を細めるラムにスバルは「もちろん！」と頷《うなず》いた。

レムへの恩返し、それは名案だ。やや唐突ではあるが、妹を溺愛《できあい》するラムが言い出したのなら違和感もない。ただし――、

「それだと、微妙に祝い事ってニュアンスと違わないか？」

「ハッ！　細々《こまごま》と小さいことに拘《こだわ》る男ね。器が知れるわ」

「国語的な指摘をしただけでこの言われよう！　って、おっとっと」

ぞんざいな扱いにスバルが不満を述べるが、ラムはそれには取り合わない。彼女は自分の回収した洗濯物、それをスバルの籠の中に放り込むと、

「洗濯物、任せるわ。それと、このことはレムには内緒にしておきなさい」

「断れない話題と、断りたい仕事を同時に……ええい、わかったわかった」

頼み事と洗濯物、両方をスバルに押し付け、「いい子ね」とラムが立ち去っていく。その背中を見送り、スバルは洗濯籠を持ち直しながら、

「にしても、祝い事か。……レムに相談できないなら、エミリアたんのところかな」

朝食後の方針をぼんやり決めると、スバルは仕事の残りを片付けにかかる。

ちょうど、ほんのりとレムの手製の朝ごはんの匂いが漂ってきたところだから。

2

「ってわけで、ラムが祝い事をしたいって言い出したんだよ」

「え、でも、いつもならスバルの役目なのに……大丈夫？　落ち込んでない？」

「それが俺のアイデンティティじゃないからね！　消滅したりしないよ！　へっちゃら！」

心配げに眉尻を下げるエミリアに、スバルは胸を張って大げさに主張する。先ほどのラムとの会話を知らないエミリアは、「消滅？」と首を傾《かし》げたが、そこはご愛敬《あいきょう》。

ともあれ――、

「この間のお休みの日もそうだし、レムのために何かしてあげるのは私も大賛成」

と、突然の提案にも拘《かかわ》らず、エミリアは『祝い事』をそう快諾《かいだく》してくれた。

場所はエミリアの私室、朝食後の相談タイムと洒落《しゃれ》込んだところだ。人のいいエミリアなので、快諾してくれるのはスバルの期待通り。ただし、エミリアは「でも」とその後に

唇に指を当て、首を傾げてみせた。

「スバルじゃなくて、ラムにしてはすごーくいきなりな提案よね」

「うーん、ちょくちょく感じる俺という人間への信頼。……けど、エミリアたんもそう思うってことは、この国の祝祭とかってんじゃないってこと？」

「私もまだ勉強中だけど……待っててね。ねえ、パック、聞いてる？」

「――ん～？　なになに、リア」

話し合いの最中、エミリアが自分の首元の緑色の結晶に語りかける。と、淡《あわ》い光が結晶から漏れ出し、子猫の精霊――パックが彼女の肩にちょこんと現れた。

パックは手で顔を洗うと、「ふわぁ」と大きな欠伸《あくび》をしてみせる。

「朝飯にいないと思ったら、今朝はずいぶん寝坊助《ねぼすけ》だったんだな」

「昨日はベティーと夜更《よふ》かししちゃって……それで、どうしたの？」

「起こしてごめんね、パック。実は聞きたいことがあるの。あのね……」

寝起きのパックの頭を撫《な》で、エミリアがここまでの経緯を説明する。

王国の祝祭日について、エミリア以上にパックが詳しいのもおかしな話だが、この子猫は稀《まれ》に謎の知恵袋を発揮するので、そこに期待。だが――、

「うーん、月祝祭の日が近い気がするけど、それ以外だと思いつかないかなぁ」

「その月祝祭ってのは？」

「あ、それはね、毎月の二十五日のことなの。ルグニカ王国の建国が、ラグナ歴のマルシ

ユバの月の二十五日で、だから、その日は毎月、王都とかおっきな町ではお祝い事をする決まりなの！　ふふん、知らなかったでしょ」

「勉強したての知識を話してどや顔可愛《かわい》いね」

旅先でガイドブックの内容を話してくれた感があるが、スバルはその説明に納得する。

こっちの世界も、一日の時間や一年の周期――十二ヶ月ある点は元の世界と同じだ。月の呼び名が違うので、そこだけなかなか耳慣れないが。

「その違和感には月日と共に慣れるとして……でも、もう二十五日は過ぎてるよね？」

「だから、気がするなぁって。まだ三日前だし、瞬《まばた》きみたいな差でしょ？」

「長命種特有の時間感覚！　それに、イベント事って前の日にちならともかく、後ろになると一気に気持ちが遠のくからな。クリスマス翌日のケーキとか無残だろ」

モノは同じなのに、イベント当日を過ぎた関連商品の哀愁《あいしゅう》は目も当てられない。イヴやイヴイヴと持《も》て囃《はや》されるクリスマスすら、翌日には後ろ足で砂をかけるが如《ごと》くだ。

「何ならクリスマスなんて、当日すら出遅れ感が漂ってるしな……」

「くりすます、ってなあに？」

「聖なる夜と赤い善なる老人の話はいずれしたいけど、長くなるから後回しね」

自分で脱線しておきながら、スバルはエミリアの疑問を曖昧に笑って誤魔化《ごまか》した。

「とはいえ、ラムが日付ミスるって印象ないし、月祝祭の線はないんじゃないか？」

「ボクも同感だね。あの桃髪の子は、そういうことはしないんじゃないかな」

「わ、二人とも息ぴったり。……私もそう思ってるから、三人かもしれないけど」

くすくすと、意見の一致を面白がってエミリアが微笑《ほほえ》む。その笑顔に、スバルとパックも顔を見合わせ、肩をすくめて笑みを交換する。

この見解の一致も、ラムの性格と能力への信頼あってのことだった。その点、ラムを過大に評価するレムと、スバルたちも方向性は同じなのかもしれない。

「結局、肝心の何の日って疑問は棚上げだけど……細かいこと気にしないで、こないだみたいにレムのためって割り切ったらいいのかね」

「大変だったけど、あの日も楽しかったもんね。どうしても気になるなら、私からラムに聞いてみる？　スバルにはダメでも、私になら教えてくれるかも」

「うぐ……それってなんか、プレイしてる最中にゲームの難易度下げるみたいな、普通より負けた気分になるやつじゃない？」

「――？　勝ち負けのお話なんてしてないと思うけど」

わからない例え話でストップをかけられ、エミリアがもやもやした顔をする。

正直、エミリアがラムに直接尋ねるのを止める権利はスバルにはない。ただ、問題はその聞いた答えを、エミリアが内緒にしておけるかどうかだった。

「最近気付いたけど、エミリアたんって結構うっかりさんだからな。ラムが内緒ですよって教えたことが、どんな形で俺に漏れるか……」

「スバルのその心配は、わりと的確かもしれないね」

「やっぱりそうですか、お義父《とう》さん」

「誰がお義父さんかね。でも、娘のことをわかってもらえててそれは嬉《うれ》しいよ」

エミリアの秘密保持能力への疑問から、スバルとパックが固い握手を交わす。スバルの掌《てのひら》に、パックが体ごと収まるダイナミック握手だ。それを見届け、置いてけぼりだったエミリアは少しだけ不満げに唇を尖《とが》らせ、

「もう、二人して私をからかって……わかりました。ラムに聞くのは保留にしてあげる。でも、私もレムに何かしてあげたいのは一緒だから、ちゃんとわかったら教えてね」

「そりゃもちろん。俺一人で何かするより、みんなでやってあげた方がちゃんと祝ってやれるだろうしさ。自分で言うのもなんだけど、俺単体ってマジで微力だからね」

「スバルがしてあげることなら、微力でもあの青髪の子は喜びそうだけど」

「俺が、レムへの贈り物に微力じゃ満足できねぇの」

自分の尻尾の毛繕いをするパックに、スバルが腕を組んでそう言った。

屋敷の仕事だけではない。スバルがレムに感謝していることは山ほどある。それを少しでも返せるチャンスがあるなら、一握りでも多く返してあげたい。

「なんで、ハイエナのような執念でチャンスに食らいつくのさ」

「なんか、恩返ししたい子の言い方じゃないみたい……」

ニヒルに決めたつもりのスバルに、エミリアは困り顔でそう呟《つぶや》いたのだった。

## 3

――そんな風に、スバルとエミリアたちが話していたのと同時刻。

「ロズワール様、少しよろしいですか？」

「おーぉや、ラムかい？　仕事中に珍しい。どうかしたかーぁな？」

硬いノックの音がして、顔を上げたロズワールは作業を止め、羽ペンを置いた。

普段、スバルなどには放蕩貴族と思われているロズワールだが、これで毎日、彼は辺境《へんきょう》伯《はく》の立場に見合った大量の政務に追われている。本来なら文官が複数名で処理する案件、それをロズワールはただの一人でこなしているのだ。

それをわかっているから、ラムが政務の邪魔をすることはまずないのだが――、

「申し訳ありません。実は、ロズワール様にお願いがありまして」

「――。君が、私にお願いかい？」

珍しいことが重なったと、ロズワールはラムの発言に眉を上げた。

誰に対しても傲岸《ごうがん》不遜《ふそん》に見えるラムだが、主人であるロズワールはその例外だ。彼女が忠実に振る舞うロズワールに、こうして頼み事をするなんて珍しい。

――否《いな》、ほとんど初めてのことだった。

「ただし、屋敷に連れ帰った当初を除けば、だーぁけどね」

「……その節は、大変なご無礼を」

「いやいや、責めてるわけじゃーぁないよ？　君やレムが私に何かを望むことは、これで意外と私にとっても嬉《うれ》しいことなのでね」

恐縮するラムに微笑《ほほえ》みかけ、ロズワールは椅子の背もたれを軋《きし》ませる。

ロズワールにとって、ラムとレムの姉妹との関係は十年ほどになる。その間、二人から分不相応な何かを望まれたことは一度もない。

だからこそ、今回のラムの申し出には驚くと同時に心が弾んだ。

「で、何がお望みなのかな？　何かしてほしいことか、欲しいものでも？　日頃の君やレムの働きを思えば、大抵のことは叶《かな》えてあげたいところだが……」

「──では、今日一日、ロズワール様のお時間をいただけませんか？」

「ほう？」

予想を外され、時間を要求されたロズワールは新鮮な驚きを得た。

なるほど、珍しい申し出だ。普段のラムならしない、突飛《とっぴ》な提案と要求。その真意がどこにあるのか推し量り、ロズワールは片目、青い方の目でラムを注視した。

「それは、レムのためかな？」

「ご慧眼《けいがん》です」

「わかるとも。君は、自分のために何かを願うことはないからねーぇ」

「……それは誤解です。レムのためにすることは、ラムのためにすることですから」

「それなら正しく言い換えよう。君は、自分『だけ』のためには願わない」

沈黙するラムの反応に、ロズワールは満足げに頷《うなず》いて羽ペンをペン立てに戻した。そして、机の上のやりかけの仕事を投げ出し、立ち上がる。

「それで、私の時間をもらい、君は何がしたいのかーぁな？」

「そうですね。いくつかありますが」

思慮深い薄紅の瞳を細め、ラムはロズワールに言った。

「――まずは、里帰りからでしょうか」

4

「ロズっちとラムが、どっか出掛けたって？」

「はい。今日は屋敷のことはレムに一任すると、そう仰せつかりました」

仕事の最中、廊下で行き合ったレムの報告にスバルは仰天した。

ラムが不在ということは、エミリアと約束した彼女の真意の追及、それがさっそく躓《つまず》いた形になる。よもや、それを先読みした嫌がらせとは考えにくいが――、

「姉様ならやりかねねぇ……いっそ、今から走って追いかけるとか」

「二人はロズワール様の魔法で飛んでいかれたので、追いつくのは難しいかと……」

「歩兵は制空権取られると弱《よえ》ぇんだよなぁ！」

凄腕《すごうで》の魔法使いであるロズワールは、空飛ぶ鳥も形無しという速度で飛行することができる。複数の魔法を組み合わせた、それはそれは難易度の高い魔法らしい。

「レムは真似して飛んだりできないのか？」

「ごめんなさい。少しの距離なら、人を投げ飛ばすことはできますけど……」

「代替案は中止！　追跡は断念する！」

レムに投げられて墜落死、ダーウィン賞を受賞しかねない愚かな結末だ。なお、ダーウィン賞とは、愚かな遺伝子を未来に引き継がなかったことを評した皮肉の賞である。

ともあれ、ラムの外出は誤算だった。当然、予定にない外出だったはずなので、これも彼女の突然の『祝い事』発言と関係あるように思えるが。

「モヤモヤは否《いな》めないな……レムは、二人の行き先は聞いてないのか？」

「はい。でも、今日中に戻られるとのことだったので、そう遠出ではないと思います。スバルくんは、ロズワール様に御用があったんですか？」

「ああ、そうなんだ。実は……って、危ねぇ！」

「――？」

レムの質問に、うっかり口を滑らせかけたスバルはギリギリ踏みとどまる。何たる凡ミス。これでは到底、エミリアのことを笑えないではないか。

ラムの真意は気になるが、レムをサプライズで祝うのはスバルも大賛成なのだ。

「それが、エンターテイナーの心意気ってもんだよな」

「スバルくん、何かレムに隠し事をしていませんか？」

「いやいや、そんなことねぇですよ!?　それより……そう！　こんな風にラムとロズワールが出掛けるなんて珍しいよな。ちょっと前に飛んでったとき以来？」

「前の……あ、ロズワール様がガーフに呼び出されたときのことですね。今思うと、あのときガーフが余計なことをしなければ、スバルくんがあんな目に遭わなくても……」

「レム？　レムさん？　おーい、可愛《かわい》いお顔が怖くなってますよ？」

沸々と、魔獣騒ぎのことを思い出して声が低くなっていくレム。あの騒動でスバルが生死の境を彷徨《さまよ》ったのは事実だが、それはレムもお互い様だったはずだ。

そのガーフなる人物が、ロズワール不在の悪条件となったのは事実だが――、

「ま、あれのおかげでレムとも仲良くなれたし、結果オーライとしておこうぜ。な？」

「スバルくんは優しすぎます。……わかりました。レムも、次に会ったときに嫌味《いやみ》を言うくらいでガーフを許します」

「おお、頑張れ、まだ見ぬガーフさんとやら」

何とかレムの不満の矛先を別人に向け、スバルは知らない相手の健闘を祈る。いつかどこかで出くわした際には、今日の日の非礼を詫《わ》びるとして。

「そんなわけで、姉様がいなくて不安ではありますが、レムとスバルくんで何とかお屋敷を守りましょう。責任重大です」

「レムがいなくて屋敷が潰れることがあっても、その逆はないと思うけどな」

大げさなレムの言葉に苦笑しつつ、スバルはラム不在の状況での仕事の割り振りのことを考える。――やはり、大部分に影響はなかった。

「ラムがいなくても支障なし……それもどうかと思うけど」

「姉様はいてくれるだけでレムに力をくれます。あ、スバルくんもですよ」

「へへ、そうか……それ、言外に戦力外通告されてない？」

「――――」

「何も言ってくれねぇ！」

とはいえ、その評価に言い返せるほどの実績がない。そうして落ち込むスバルに、レムが「さあ、スバルくん」と自分の袖をまくる仕草を見せ、

「お仕事を再開しましょう。スバルくんはお庭、レムは東棟です」

「とほほ……最近、レムの優しさに甘えてた分、深く突き刺さったな……」

力不足を嘆《なげ》きつつ、スバルは先に歩き出したレムの背中にとぼとぼと続く。途中、ふと廊下の窓から外を眺め、雲の少ない青空に目を細めた。

「空を飛んでった、はいいけどよ……」

一体全体、二人で連れ立ってどこへ飛んでいったのやら。

答えを返してくれない空を眺め、ぼんやりと立ち尽くすスバルをレムが呼ぶ。その彼女の声を聞き、スバルは慌《あわ》てて洗濯物の回収に庭へと向かった。

# 5

その場所は、緑深い山奥にひっそりと存在する隠れ里である。――否《いな》、それは正確ではない。正しくは、隠れ里『だった』場所である。

里の跡地は人足が途絶えて久しく、すっかり山林の一部になってしまっている。よく見れば、かろうじて道や畑の痕跡《こんせき》はあるが、それも感傷以上の何にもならない。

「何年も放置して、薄情なものだわ」

と、長く伸びた草を踏むラムが、自嘲《じちょう》するように呟《つぶや》いた。

変わり果てた故郷を眺めるラムの瞳には、複雑な色の感情が渦巻いている。一部は懐旧《かいきゅう》と安堵《あんど》、また別の一部は自嘲と哀切《あいせつ》、そんな感情が溶け合っていて。

「里帰りは、応報を報告して以来か～ぁな？」

そんなラムの隣に並び、同じ光景を眺めているのはロズワールだった。彼からの問《と》いかけに、ラムは「はい」と静かに頷《うなず》くと、

「血族の鎮魂《ちんこん》は済ませました。あれ以来、足を運ぶ理由はありませんでしたから」

「墓前に足を運ぶのは、鎮魂以外にも理由があると思うけ～ぇど……とはいえ、これは個々の考え方の違いだね。種族の差もあるかな」

「ロズワール様は、墓所にご執心ですからね」

「おやおや、君にしちゃ珍しい皮肉じゃゃ～ぁないかね」

揶揄《やゆ》する物言いにロズワールが愉《たの》しげに笑い、ラムは小さく吐息する。

不用意な、いつもなら言わない一言。それをもたらした原因は胸のざわつきだ。

ラムとレムの始まりにして、鬼族終焉《しゅうえん》の地。どうしても、故郷に思うところは多い。

――鬼族は、亜人族全体の中でも突出した力を持つ種族だった。

だが、代わりに鬼族はその絶対数に乏しく、この里が『鬼族』の集落としては最後の一つだった。それも十年前に滅び、一族を離れてはぐれた鬼でもいない限り、鬼族の生き残りはラムとレムの姉妹二人だけしかいない。

そのときのいざこざでラムは角をなくしたため、実質、レムが最後の鬼族だ。

集落が滅んだ夜、ラムとレムは幸運にもロズワールに拾われたが、その後の十年間で故郷に足を運んだのは、数年前にたったの一度きり――、

「慰霊碑《いれいひ》の場所は覚えているかい？」

「ロズワール様が、一番見晴らしのいい場所に作ってくださったので。……今日は、わがままに付き合っていただき、申し訳ありません」

「なに、今日の私の時間は君のものだ。それに、故郷への里帰りに付き合うぐらい、わがままのうちには入らないとーぉも」

肩をすくめるロズワールの言葉に、ラムはちらりと視線で背後を窺《うかが》った。

自分の記憶の中の景色と、ここまで歩いてきた道のりとを照合する。その、重ならない景色の全てが、足の遠のいていた十年の月日の証明だ。

十年間、望郷《ぼうきよう》の念の主張があまりに弱すぎたせいで、ここはもはや知らない土地だ。

「──あれかな？　さすがに、私も久しぶりすぎて自信がないが」

ふと、遠目に呟《つぶや》いたロズワールの声に、ラムの意識もそちらを向いた。ロズワールの視線の先、山道の先に小高い丘があるのが見える。

集落全体を見渡せる丘の上には、かつて族長の屋敷があった。その屋敷も焼け落ち、代わりにあるのは滅んだ鬼族の鎮魂《ちんこん》に建てられた慰霊碑《いれいひ》である。

──白い結晶石の石碑には、魂の安らかな眠りを祈った祝詞が刻まれている。

その慰霊碑も、以前は見上げるほどに大きかった。しかし、今のラムにとっては自分の背丈と同じぐらいの大きさで、そこにも年月の経過を感じてしまう。

「──？」

その慰霊碑の前に立って、ラムは違和感に眉を顰《ひそ》めた。

違和感の原因は、慰霊碑の状態だ。荒れ放題だった山道や畑、生い茂る草木は集落をすっかり自然の一部としていたが、この慰霊碑の周辺だけそれがない。雑草が生えないよう整地され、石碑自体にも定期的な手入れが為《な》されている。

もし、誰かが手入れをしていたのだとしたら、ここにある程度の思い入れを持っているものだけ。──ラムではない。レムも、同じぐらい足は遠のいていたはず。

だとしたら、容疑者は一人しかいなかった。

「ロズワール様、先ほど久しぶりにきたと仰《おつしや》っていましたか？」

「――。うーん、そこまで失言でもなかったと思ったんだが」

ラムの静かな問《と》いかけに、ロズワールが苦笑いしながら「降参」と両手を上げる。

「そう怖い顔せずとも答えるとも。確かに、この辺りをたまに手入れしていたのは私で間違いない。あとは、たまにクリンドのお節介もあったかな？」

「お忙しいロズワール様と、憎らしいアレが？」

あっけらかんと、予想外の事実を明かしたロズワールにラムは驚愕《きょうがく》する。

当然だ。この地はラムたちにとっては故郷であっても、ロズワールにとっては何の価値もない場所のはず。それを、どうして二人に内緒でロズワールが――、

「――墓前を訪れるのは鎮魂以外の意味がある。個々の考え方と、種族の差だよ」

「――――」

「君が思うほどの頻度じゃないし、私はここへくるのにさほど時間はかからないからね」

飛行魔法を使えば、屋敷からここまで飛んでくるのにほんの数時間だ。

しかし、ロズワールに慰霊碑の手入れをする義理がないことと、その数時間すら貴重であることに変わりはない。それを、今まで知らずにいた自分にラムは動揺した。

「君の驚く顔が見れた。そーぉれで十分な見返りだよ」

「……恐れ多いことです」

優しく微笑《ほほえ》まれ、ラムはただ敬服し、同時に怒りを覚える。

どうしてこの人は、いつも見えないところでばかり人に優しくするのだろうかと。

「ですが、アレにお礼を言わなくてはならないのは癪《しゃく》ですね」

「十三歳ぐらいから、クリンドは君にもレムにも興味をなくした風だったからね。これはあくまで彼の善意さ。感謝したくない気持ちもわかるけど」

唇を曲げたラムの呟《つぶや》きに、ロズワールの笑みが苦笑に変わる。それを目の端に留めながら、ラムは小さく吐息し、改めて慰霊碑《いれいひ》に向き直った。

「――――」

手入れの甲斐《かい》あり、慰霊碑に風雨や苔《こけ》の浸食は見られない。純度の高い結晶石は潤沢《じゅんたく》にマナを内包するため、そうした影響を寄せ付けない作用もあるのだ。

それを含め、慰霊碑を建ててくれたロズワールの配慮。そのことに感謝しつつ、ラムはその場に跪《ひざまず》き、自らの額の傷跡に触れ、慰霊碑に祈りを捧《ささ》げた。

「……目的は、また報告かな？」

「はい」

事情を知るロズワールの問《と》いに、ラムも短く肯定するだけにとどめた。

そう、これは報告だ。慰霊碑に眠る鬼族の魂――その中に含まれている両親の魂に、数年ぶりの報告をするためだけにラムは里帰りをした。

「知る権利はあるでしょう。――レムが、呪縛から解放されたわ」

告げる。両親に、同族に、その事実を。

もっとも――、

「――あなたたちは、レムが縛られていることに気付いてもいなかったでしょうけど」

鬼族の魂に呼びかけるラムを、ロズワールは背後から無言で見守っている。

レムの呪縛。――その始まりは、九年前に鬼族を滅ぼした敵への応報を終えたときに。

あるいは十年前、この集落が滅んだときに。

――ひょっとすると、十七年前にラムとレムが生まれ落ちたときから。

「あの子は、自分を縛り続けていたもの」

同胞たちに悪意はなかった。それはラムも理解しているし、レムも同じはずだ。

両親は、少なくとも自分たちの意識ではラムとレムを平等に愛した。里の同胞たちも、期待と希望を二人に注いだ。唯一、族長の腹の底だけはラムは怪しんでいるが。

その愛情と期待の裏側、隠せぬ侮蔑《ぶべつ》と同情が、レムを不必要な使命感に縛り付けた。それは長く長く、本当に長い時間、レムの心を雁字搦《がんじがら》めにしていたが――、

「レムは、やっとそこから解放された。少しだけ、それをした相手が気に障るけど」

突然、屋敷の生活に割り込んできた黒髪の少年――それが引き出した、レムの何の気負いもない笑顔は、ラムが長年望んできた表情そのものだった。

レムが、やっとラムに依《よ》らない形で、幸福に向かっていくための表情だ。

「だから、そのことを報告しにきたのよ。同胞と……親子の好《よしみ》でね」

同族愛はあまりない。故《ゆえ》に、ラムは自分を薄情だと考えている。

滅ぼされた一族の応報を果たしたのも、今日という日の報告も、どちらも義務感だ。

ラムがこの里で愛したのは、自分の半身以上に大切なレムだけだった。愛せるものは、この里を出たあとに出会ったものの方がずっと多い。

それでも、伝えておくべきだと、そう思っただけで。

「──────」

立ち上がり、ラムは持参した包みを解いて、酒瓶を取り出した。

かしこまった形式を飛ばし、栓を抜いた酒瓶の中身を石碑に浴びせる。酒を好むのは鬼族の習性だが、数年ぶりの酒精は結晶石にすら格別の喜びを与えたらしい。

輝きが増した慰霊碑《いれいひ》を見やり、ラムは残りの酒を供え、それで満足する。

「もう十分なのかい？」

「伝えるべきことは伝えました。ありがとうございました。今日だけでなく、ずっと」

儀礼をこなしたラムの礼に、ロズワールは片目をつむって頷《うなず》く。青い方の瞳にラムを映したロズワールは、九年ぶりの里帰りをしっかり見届けて、

「では、次かな。里帰りは完了……だが、私の一日はまだ終わりじゃーぁない」

「──はい」

ロズワールの言葉に顎《あご》を引いて、それからラムは両手を広げた彼の胸の中に収まる。

そっと優しく抱き上げられ、再び、空を飛ぶ準備を済ませながら、ラムは言った。

「また優しく、屋敷へお願いします。──次のお願い事は、そこで」

## 6

「ってわけで、ラムの不在で逆にレムが燃えてる。こいつは夕ご飯も期待大だぜ！」

「……わざわざそんなことを言いにくるなんて、暇人もいいところなのよ」

ぐっと親指を立てたスバルの報告に、脚立に腰掛けたベアトリスはため息をついた。

書架の立ち並ぶベアトリスの『禁書庫』――屋敷を自由に行き来する不思議書庫を、スバルはいつもの勘の良さで発見し、その部屋の幼い司書に絡んでいた。

もはや、スバルの山勘にはベアトリスも言及しないが、それとこれとは話が別。

「ベティーの読書の邪魔は許さないかしら。用が済んだならとっとと出てくのよ」

「つれないこと言いやがって……大体、お前、本読んでないことの方が珍しいじゃんか。それで読書の邪魔されたら不機嫌って、小魚食えよ。カルシウムカルシウム」

「お前が顔を見せにこないのが一番かしら。それが最善の解決法なのよ」

「カッカしすぎても不健康だぞ。あんまり子どもの頃から血圧高めだと、成人病とかのリスクが高まるって聞くぜ？　よく知らんけど」

「解決法だけじゃなく、ベティーの発言まで無視するんじゃないかしら!!」

スバルのマイペースを崩せず、ベアトリスが顔を赤くしてそう吠《ほ》える。そのベアトリスの怒りっぷりに、スバルは「はっはっは」と腰に手を当てて笑い、

「と、ベア子で遊ぶノルマを果たしたとこで、今日は質問があるんだよ」

「今、ベティーで遊ぶって言ったのよ！」

「言い間違えたんだ。ベア子と遊ぶノルマだよ。……で、質問してもいい？」

「……どうせ、ダメって言っても居座るつもりかしら。それぐらいお見通しなのよ」

疲れた顔で額を押さえ、ベアトリスが深々とため息をつく。それから、彼女は膝の上の本を畳むと、「ほら」とスバルに手を差し出して、

「質問でも何でもとっとと済ませるかしら。そして、早く出ていくのよ」

「最後はなし崩しに受け入れてくれるから好きだぞ、ベア子」

「上っ面だけの言葉並べてないで、とっとと言えって言ってるかしら！」

「わかったわかった。……あのさ、近々特別な日とかあったりする？　世界的に有名ってんじゃなくてもいいけど、屋敷の中限定とかでさ」

これ以上は本当に追い出されかねないので、スバルはサブ目的のベアトリス弄《いじ》りを放棄し、メイン目的である質問の方に着手した。

エミリアとパックにもわからない『祝い事』の真相——それが極々身内のイベントだとしたら、ロズワール邸歴の長いベアトリスが知っている可能性がある。

「と、そう信じた一手なわけだが」

「この屋敷の特別な日……？　そんな気の利いたこと、ロズワールがすると思えんのよ」

「どっちかっていうと、ロズワールよりラム側に関係ありそうかなって」

「だったら、ますます謎かしら。ベティーは別に、あの姉妹と仲良くしちゃいないのよ。

用事がなかったら、話すことさえ稀《まれ》かしら」

「ベア子、お前、そんな堂々と……」

ふん、と鼻を鳴らしてそっぽを向くベアトリス。その肩にスバルは手を置くと、彼女の胡乱《うろん》げな瞳と正面から向かい合い、

「そんな人を寄せ付けない生き方、寂しくないの？」

「約束通り、答えたからとっとと出ていくのよ！」

「やごげるげっ⁉」

回答の期待外れ感より、その発言内容の切なさに言及した途端、ぶっ飛ばされる。

ベアトリスの放った謎の衝撃波に揉《も》まれ、『禁書庫』から転がり出て、スバルは廊下の壁に激突した。そのまま、逆さの視界でベアトリスが乱暴に扉を掴《つか》み、

「夕食に呼びにくるまで、もうお前は入れてやらんかしら！」

そんな力強い言葉と共に、扉が勢いよく閉じられる。廊下の絨毯《じゅうたん》にうつ伏せに転がったスバルは、頭を振りながら「いててて」と体を起こした。

「夕飯までって、怒りのボルテージが高いのか低いのかわからん奴《やつ》め……」

少なからず、レムの夕食への期待度が勝ったのか、立ち入り禁止の時間が短い。

ただ、ベアトリスにも心当たりがないとなると、いよいよお手上げだ。こうなると、やはりラムの帰りを待つのが賢明かつ得策に思えてくる。

「けど、それだと負けた気分になるしなぁ……」

「何が負けなんですか？」

「そりゃ、男の子の意地的にかな。やる気はメラメラ燃えてんだけど、その真意が見えてこないと……特に今回はレムのための祝い事だし、手は抜きたくないんだよな」

「……そ、そんなことを」

「ああ、そうなんだよ……って」

独り言のつもりが、途中から誰かと会話していたと気付いてスバルは振り返る。

すると、そこには紅潮した頬《ほお》に手を当て、目を潤ませているレムの姿があった。彼女は凝然と目を見張るスバルから、さっと目を逸《そ》らすと、

「スバルくんがレムのために……もう、それだけで胸がいっぱいです」

「し、しまった！　俺としたことが、なんて凡ミスを……！」

数時間前に耐えた罠に、再び足を取られるケアレスミス。

レムのためのサプライズ計画をレムに聞かれたなどと、ラムにバレたら殺される。

「でも、合点がいきました。それで先ほど、エミリア様に『レムは何か欲しいものとか、してほしいことってある？』と聞かれたんですね」

「エミリアたんも結構ガバガバだな！」

「いいえ、何度も質問の合間に『仮のお話、仮のお話よ？』と前置きされていましたので、レムも疑いを確信に深めるまでのところには……」

「そこまで隠し事下手なのも才能だな……。レムも、そんなフォローしなくていいよ。何

となく、何かあるってのは勘付いてただろ」

「エミリア様のために黙秘します」

微笑《ほほえ》み、レムは言及を避けた。その姿勢自体がもはや答えだったが、せっかくレムは言うまいとしたのだ。その気持ちを汲み、スバルも何も言わない。

ただ、これ以上の言い逃れは、自分の失敗もあって不可能とも判断した。

「はぁ……観念する。とにかく、そんな話が出てるんだ。ラムの発案なんだが、バレたことは黙っててほしい。それと、レムに聞きたいことがあるんだ」

「ええ!? 一日、スバルくんをレムの自由にしていいんですか!?」

「どうした何の話!?」

「あ、ごめんなさい。思わず、先走って未来が見えてしまいました……」

「先走って未来が!?」

赤い顔をしたレムが、自分の願望が先走ったことを謝罪する。スバルは、そんな彼女の様子に頬を指で掻《か》いて、

「まぁ、レムが何が欲しいのかも焦点なんだけど、もっといいもの欲しがった方がいいと思うぞ。それと、聞きたいのは別件だ。――ラムのことなんだよ」

「姉様、ですか？」

「ああ。祝い事って言い出したのはラムなんだけど、何が切っ掛けなのかと思ってさ」

そのスバルの質問に、レムが「お祝い事……」と目をつむって考え込む。しかし、しば

らく考えてから、レムはゆるゆると首を横に振った。

「ごめんなさい。特に思い当たる節は……」

「いやいや、謝ることないって。しかし、そうなるとマジでただの思いつきか……？」

別に構わないのだが、そうなると屋敷には突発的に祝い事を始めようとしたがる人間がスバルとラムの二人ということになる。スバルはいいのだが、エミリアやレムたちは付き合い疲れしないだろうか。そこだけ心配だ。

「それに、このままだと無意味にレムにサプライズをばらしただけになる」

「――何をばらしたっていうの？」

「だからサプライズ……つまり、祝い事のことだけど……ひぃ！」

外来語を噛《か》み砕いたところで、スバルが第三者の声に気付いて仰天する。当然、声の主には心当たりしかなかった。その、絶対零度の眼差《まなざ》しにも。

その視線の持ち主は、己の肘を抱くような姿勢のまま、スバルを睨《にら》みつける。

「待てと、そう言われれば犬でもできる。喋《しゃべ》るなと言われれば幼子でもできる。そのどちらもできないバルスは、犬以下の幼子以下の何のつもりなの？」

「あの、そのですね……」

「たった半日の間に、よくもこれだけ醜態《しゅうたい》が晒《さら》せたものだわ。逆に感心するわね」

「ま、待ってください、姉様」

全く感心していない視線と声に、スバルは言い訳もできずに項垂《うなだ》れる。そのスバルの代わりに前に出て、視線の主――ラムと対峙《たいじ》したのはレムだ。

「姉様、スバルくんは悪くありません。ただ、少しだけ迂闊《うかつ》だっただけなんです！」

「それを失言というのよ、レム。使用人にあるまじき口と頭の軽さだわ」

「で、ですが、エミリア様も全然隠すのがお上手ではありませんでした！」

「そう、エミリア様にもばらしたの。口に風でも詰めているの？　軽すぎるわよ」

「面目次第もございません……！」

ぎろりと、レムの頭越しに睨まれ、スバルは完全に轟沈《ごうちん》した。レムも、スバルの犯した失態が多すぎて、碌《ろく》なフォローができずにおろおろとしている。

「――はいはい、そこまーぁで」

と、そんな状況の三人の間に、手を叩《たた》きながら割って入る長身が一人、ロズワールだ。

ラムと共に戻ったらしき屋敷の主《あるじ》は、普段通りの飄々《ひょうひょう》とした態度で三人を見やり、

「ラムの言い分もわかるが、スバルくんの迂闊さは今に始まったことじゃないからねーぇ。そこを責めても仕方がない。それに、君の狙いはレムに隠し通せるものじゃないとも」

「ですが、ロズワール様……」

「君の願いは尊い。――だが、同じことをレムに願う権利がないとでも？」

食い下がろうとしたラムが、ロズワールの続く言葉に口を噤《つぐ》んだ。

事情のわかっている同士の会話は、事情のわかっていない側としては疑問符しかない。

ただ、二人のやり取りの中核に、『祝い事』の真相が隠れているのはわかった。

そして、目を伏せたラムが、今まさにロズワールの説得に屈したところなのも。

「……うびよ」

「……なんだって？」

小さく、囁《ささや》くようなラムの声が聞き取れず、スバルはそう聞き返した。すると、ラムは忌々《いまいま》しげにスバルを睨《にら》みつけ、

「だから、誕生日よ。——レムのために、それを祝いたかったの」

言葉の後半、ラムは視線を逸《そ》らし、珍しく拗《す》ねたように頬《ほお》を硬くする。

そんなラムの態度に、スバルはようやく彼女の真意を理解し、自分の馬鹿さを罵った。

『祝い事』と誕生日なんて、最初に結び付けるべき内容だったのに。

「クリスマスとか正月なんかより、ずっと身近で当たり前だったじゃねぇか……いや、こっちの人が誕生日祝う習慣があるのかわかんなかったけども！」

顔に手をやり、自分の愚かさを悔い改めるスバル。しかし、ラムがレムの誕生日を祝いたがった事実を理解し、そこで「待てよ」と首をひねる。

「でも、レムの誕生日ってことは、ラムの誕生日でもあるよな？」

「まぁ、そういう考え方もあるわね」

「ってことは、お前、自分の誕生日祝わせるためにあんなこと言い出したのか!?」

気付いてみれば、実に遠回しで図太い提案だった。だが、そんなラムの提案に納得するスバルの胸倉を、不意に伸びてくるラムの手が掴《つか》んだ。

そのまま引き寄せられ、「うお！」と驚くスバルに、ラムが至近で耳打ちしてくる。

それは――、

「察しなさい。今年の誕生日は、レムにとって特別なのよ」

「……その心は」

「あの子が、やっと心から自分の誕生日を喜べるようになったはずなの」

そこで胸倉を解放され、後ろに下がったスバルにラムが鼻を鳴らす。スバルは乱れた襟元を直しながら、素っ気なく顔を背けるラムの真意を本当の意味で理解した。

ラムが誕生日を――自分のではなく、レムの誕生日を祝いたいと望んだ真意を。

「……これだと、俺が本当に大馬鹿野郎みたいじゃねぇか」

「自覚がなかったの？」

「意外性抜群みたいな顔やめろよ！　ああ、わかった！　チクショウ、協力するよ！」

愕然《がくぜん》と、怯《おび》えた顔をする芸の細かいラムに憤慨《ふんがい》し、スバルは協力を力強く約束する。そんなスバルとラムの結託に、小声までは聞こえていなかったレムが困り顔で、

「あ、あの、姉様の気持ちはすごく嬉《うれ》しいです。果報者です。でも、そんな特別扱いされる理由なんて、レムには……」

「――ラムは、レムのことが大好きよ」

恐縮し、恐れ多いと祝い事を固辞しようとするレムを、ラムの告白が引き止めた。

幸せになることを怖がるのがレムの悪癖だ。以前、レムに休日を与えようと、みんなで

奮闘したときに、その重症さは十分わかっていた。

だから、この世で一番レムを溺愛《できあい》する姉は、そんな妹の悪癖を先んじて叩《たた》き潰す。

「やっと準備が整ったの。ラムがどれだけレムを想《おも》っているか、それを伝える準備が」

「そんな、姉様……レムの方こそ、姉様に」

「ラムのことを想うなら、ラムにレムを特別扱いさせてちょうだい。それが今、ラムが何よりも欲しいと思える贈り物よ」

微笑《ほほえ》みかけ、ラムは俯《うつむ》いてしまうレムを正面から抱きしめた。

小さく、「ぁ」とこぼしたレムの額が、ラムの胸の中にそっと収まる。そして、優しく抱きしめる姉の体を、レムはおずおずと抱き返した。

「姉様、姉様ぁ……」

「よしよし、可愛《かわい》いわ、レム。――それをラムに、自慢させて」

嗚咽《おえつ》まじりになる声に微笑み、ラムは優しく、レムを抱きしめ、撫《な》で続ける。

それはひどく絵になる、姉妹愛を切り取った一瞬に思えた。

「……しかしこれ、俺とかロズっちは完全に不要な邪魔者じゃね？」

「ここに割り込もうだなんて、無粋もいいところってのは同意見だーぁね」

――そんな抱き合う姉妹を、取り残される男二人が苦笑いしながら見守っていた。

# 7

――しかし、それで話がまとまったと思いきや、そう簡単にはいかなかった。

レムの遠慮癖というものを、スバルやラムは侮っていたからだ。

「姉様やスバルくんが、レムのためにそんなにも心を砕いてくれて嬉《うれ》しいです。レムは果報者です。その気持ちだけで、この胸はいっぱいになってしまいます。ですから、本当に大丈夫ですよ。それより、姉様の誕生日をお祝いしましょう！」

「それよりってどういうこと⁉」

姉妹の抱擁が終わり、誕生会について詳しく話そうとした途端、この有様だった。

自分への過小評価のあまり、何事にも控えめなレムは自分の誕生日すら忘れていた。しかし、それは最愛の姉の誕生日でもあるのだ。それだけで、レムがどれだけ無意識に『誕生日』という存在そのものを忘れたがっていたかがわかるというもの。

結果、あのワンシーンを演じたあとでさえ、レムの心を完全陥落とまではいかなかった。

――だが、そんなことはナツキ・スバルが許さない。

「誕生日を祝わないなんて、絶対にあっちゃならねぇ」

誕生日を祝うのに小難しい理由はいらない。何か理由が欲しいなら、生まれてきてくれたことに感謝――これ以外、いったい何が必要なのか。

誕生日は祝われて、一年で一番わがままを言っていい日。

その日は、祝われる子がどんな場面でも主役でいい日なのだ。

それは特別な理由などなく、スバルがそう信じていることだった。それは異世界だろうとなんだろうと関係なく、レムにも堂々と行使してほしい権利。

たとえ、レムの遠慮癖が筋金入りだったとしても、スバルは頑として受け入れない。そしてそれは、最愛の妹の溺愛《できあい》を心に決めているラムも同じだった。

故《ゆえ》に、この問題に対してのみ、スバルとラムは完全なる共犯者だった。──ただし、スバルの祝いたい相手は、決してレムだけではないと、共犯者の横顔を見ながら思う。

そんな遠慮と親愛、秘められた陰謀と決意の果てに何が起こるのか。それは、ロズワール邸で起こる熾烈《しれつ》な争い──仁義なき、祝い合いの幕開けであった。


「頑《かたく》ななレムも可愛《かわい》いけど、このままだと手詰まりになるわね」

部屋のベッドに座り、細い足を組んだラムが物憂げな様子で吐息をこぼした。

彼女の正面で、同じ問題に頭を悩ませるスバルは同感だと天井を仰《あお》ぐ。そろそろ見慣れた自分の部屋の天井を睨《にら》みつけても唸《うな》っても、打開案はなかなか浮かばない。

よもや、誕生会の最大の壁が祝われる側の遠慮癖になるとは──、

「最初は場の雰囲気で持ってけそうだったのに、すぐ立て直したあたりがレムだよなぁ。正直、控えめなのも考え物だぞ」

「他人事《ひとごと》みたいに言うのはやめなさい。バルスがぐいぐいと無遠慮に突っ込んでいくから

委縮させたんでしょう。自覚が足りないわ」

「うぐ……それは否定できねぇけども」

目を逸《そ》らし、たどたどしく非を認めたスバルにラムの無言の視線が突き刺さる。

レムの心変わり──否《いな》、遠慮癖の再発は、姉妹の美しい抱擁のあった直後に発生した。

その最大の要因は、誕生会の希望をスバルが根掘り葉掘り聞いたことにある。

「まさか、何が欲しいとか何してほしいとか聞いてる間にレムの心が折れるとは……」

「折れたんじゃなく、折ったのよ。止めなかったラムの失策でもあるわね。レムの繊細さもバルスの無神経さも、わかっていたはずだったのに」

「ぐぐ……とにかく、来るXデーまでに何とかレムの考えを変えさせねぇとだ。このままじゃ最悪、ゲリラ的に誕生会することになる」

「えっくすでいはともかく、よっぽどうまくやらないといけないわね。それと……」

と、そこでラムは口撃をやめ、代わりにスバルの背後にちらりと目を向ける。その視線を追い、スバルは彼女が何を気にしているのか察した。

机の上、そこに並べられているのは様々なパーティーグッズだ。まだ、『祝い事』の本命が誕生会だと発覚する前から、準備し始めていたものである。

「俺の自作したクラッカーとかくす玉だ。即席だけど、パーティーの必需品だぜ」

「くらっか……これは、何に使うオモチャなの？」

「オモチャ呼ばわりかよ。いや、本質は捉えてるけども」

興味深げなラムの前で、スバルは自作したクラッカーを手に取る。厚紙を円錐状《えんすいじょう》に丸めて、円部分に蓋をした簡素な代物だ。だが、ちゃんと円錐の尻部分からはゴムが伸びており、それを引っ張りながらラムへと向ける。

そして──、

「──喰《く》らえ！」

ゴムの弾《はじ》かれる音と共に、白い紙吹雪がラム目掛けて舞い散っていた。

「──」

サイズに反して、結構な量の紙片がラムの頭上に降り注ぐ。この予想外の効果にラムは大きな目を丸くしていて、スバルは手応えありとほくそ笑んだ。

昔、夏休みに見ていた教育番組の知識が火を噴いた結果だ。

「へっ、ありがとうよ、ウキウキお兄さん……火薬なしでお子様も安全、何度でも再利用可能なエコに配慮した逸品だ！　お祝いの場にもってこいだろ？」

「──。バルスらしい小器用な発想ね。ラムに浴びせたことと、部屋が紙くずだらけになること以外は褒めてあげる」

「怒ってるならもっとストレートに言えよ！　悪かったよ！　でも、人に向けるのが作法なんですー！　あと、紙くずはやめろ！　紙切れって言って！」

ラムの悪態に抗弁しつつ、スバルは散らばった紙片を箒《ほうき》とチリトリで回収する。

さっきも言った通り、自作クラッカーは中身を再利用可能なところが強みだ。ささっと紙吹雪をかき集め、再びクラッカーの中に詰め直す。

と、そんなスバルの詰め直し作業を見ていたラムが、

「バルス。……それ、何度か試し撃ちしたでしょう?」

「うん? まぁ、性能テストも兼ねてな。なんだ、お前もやりたくなったのか?」

手を出していたラムに、スバルが中身を詰め直したクラッカーを渡す。それを受け取ったラムは、しげしげとゴムの感触などを確かめながら、「へぇ」と頷《うなず》いた。

「つまり、床にぶちまけた紙切れを、埃《ほこり》やゴミと一緒にラムに浴びせたわけね」

「――――」

静かな声音だった。その、ラムの声音に気圧《けお》され、スバルは目を逸《そ》らした。

「……そういう、見方も、できる、的な?」

次の瞬間、ゴムの弾かれる音がして、スバルの視界が真っ白に染まった。

8

そんなこんなで、ラムとの実りあるようなないような話し合いは終わった。

エコ面への配慮だけでなく、精神衛生上の配慮に難ありと、自作クラッカーの問題点について洗い出しつつ、スバルは自室を離れ、食堂へ足を向ける。

部屋で落ち合ったラムとは別件の約束があるのだ。その相手は――、

「──お待ちしていました、スバルくん。さあ、こちらへどうぞ」

「おお、待たせて悪かった。ちょっと姉様を振り切るのに手間取ってな」

頭を掻《か》いて、そう弁明するスバルを待ち構えていたのは、食堂の真ん中で甘く温かな香りを漂わせているレムであった。

彼女は「いいえ」と首を横に振ると、それから気持ち声を潜めて、

「それでスバルくん、姉様の様子はいかがでしたか？」

「安心しろ。俺たちの企《たくら》みには気付いてねぇ。パーペキに騙《だま》せてるはずだ」

「よかった……でも、油断はできません。姉様は洞察力においても完璧ですから、その目を掻い潜《くぐ》るのは、レムとスバルくんでも至難の業でしょう」

「姉様への信頼が大きすぎて、俺らの警戒が無駄になる勢い」

とはいえ、レムの姉への過大評価も満更馬鹿にはできない。

実際、ラムの洞察力は侮れない。スバルの邪《よこしま》な企みには特に敏感だ。故《ゆえ》に、細心の注意が必要だった。──なにせ、スバルはレムと協力し、あのラムを謀《たばか》るつもりなのだから。

「姉様の、レムをお祝いしてくださる気持ちはとても嬉《うれ》しいです。でも、レムが姉様よりも主役扱いなんて、そんなことがあってはなりません」

「だから、ラムに黙ってカウンターサプライズを仕掛ける。レムと俺が仕掛け人で、油断してる姉様に一杯食わせてやろうって筋書きだな！」

「はい。さすが、スバルくんの発想は天下一品です。最初、スバルくんにこのことを相談

したとき、なんて悪賢いのかと震えが止まりませんでした」

「悪賢いって、頭に悪ってつけた途端に小物っぽさが増したな……」

「——？」

レム的には褒め言葉だったらしく、スバルの嘆息《たんそく》に彼女は不思議そうな顔をした。

ともあれ、レムの誕生会イベントの裏側では、こっそりとラムのサプライズ誕生会が計画されている流れだ。こうしてスバルとレムが食堂で密会しているのも、そのサプライズ計画の一環である。

「さてさて、それで、レムの成果だが……」

「姉様へのレムの感謝を形にするのに、心ばかりではありますが」

控えめに表現されたレムの想《おも》いだが、その実態はそこまで控えめなものではない。

部屋に入ったときから感じている甘い匂い、その正体がテーブルの上に所狭しと並べられているのだ。それは、古今東西の様々な甘味の数々だった。

「これで心ばかりってなると、レムの感謝は果てがねぇなぁ」

「姉様への想いに果てはありませんから」

苦笑したスバルに、レムが心なしか自慢げに胸を張る。基本的に自信や自慢と無縁《むえん》の素振りを見せるレムだが、ラムへの想いに関してはその限りではない。

その姿は、レムのことを誇るラムとも重なるものがあった。

「よし、その果てのない想いの一部を、不肖、この俺が味見してしんぜよう」

「はい！　初挑戦のものが多いので、忌憚《きたん》のない意見をお願いします」

一礼し、レムがテーブルへ向かったスバルの隣に控える。そして次々と紹介されるスイーツの皿に、スバルは役得と喜びながら舌鼓を打った。

お馴染《なじ》みの焼き菓子に、どことなく見覚えのある甘味類。しかし、初めて目にする異世界特有のスイーツも多く、特に唸《うな》らされたのはホカホカと温かな湯気を漂わせる、蒸《ふ》かし芋風に見える一品——だが、その実、それは蒸かし芋と一線を画していた。

「これは、まさかただの蒸かし芋じゃなく……」

「そのまさかですよ、スバルくん。以前、姉様とエミリア様がスバルくんのために、ベイクドポテトなる料理を編み出したことがありました。レムもそれに負けじと、試行錯誤を重ねて作ってみたんです」

「く、口の中でほろほろと芋がほどける！　なのに、舌には甘さがしっかりと残る！　スイーティー！　スイートポテトだ！　うまっ！　なんだこれ！」

「そんなに喜んでもらえると、レムも編み出した甲斐《かい》がありました」

嬉《うれ》しげに微笑《ほほえ》むレムへの感嘆は尽きず、一口ごとにスバルは称賛を繰り返した。

その全てにレムは喜び、スバルもカロリーを気にせずスイーツを平らげる。それから食後にお茶を楽しんで、気持ちよく満足の息をついた。

「苦しゅうない。どれも結構なお手前でした。これなら姉様もイチコロだ」

「ありがとうございます。では、レムが片付けておきますね。夕食まで時間がありますか

ら、スバルくんはその間にお腹《なか》を空《す》かせておいてください」

「そうだな。晩御飯が入らないのを理由に、ラムに勘繰られても困るし」

「そういうことです。……だから」

と、そこで言葉を切り、レムが手を伸ばしてスバルの頬《ほお》に触れる。一瞬、何事かとスバルが身を硬くすると、彼女はそっと指を動かして、

「ちょっぴりパン屑《くず》が。これだけでも、姉様には気付かれかねませんから」

「あ、ああ、そっか。助かった」

照れ臭さにスバルが頬を掻《か》くと、「いえ」とレムはそのパン屑を自分の唇へ運んだ。そのままぺろりと舐《な》める仕草に、スバルはより恥ずかしさを味わう。

そんなスバルを悪戯《いたずら》っぽく見つめたレムは、

「それでは、またあとでですね。スバルくん」

と、ほんのりと頬を赤くして送り出したのだった。

9

甘い満腹感で膨れた腹をさすりながら、スバルはこっそりと食堂を離れる。

これでうっかり、ラムと出くわそうものなら全てがご破算だ。発言だけでなく、行動でも慎重さが肝要。それが、他者を欺くエンターテイナーの極意。

そして欺くべき他者はラムだけではない。──レムも、その一人なのだ。

「──スバル、スバル」

そんな警戒をしながら歩くスバルの耳に、自分を呼ぶ密《ひそ》やかな声がする。きょろきょろと周りを見ると、わずかに扉の開いた部屋があり、そこから白い手がスバルを手招きしていた。その手招きに従い、スバルはするりと部屋の中へ。

そして、そこでスバルを待ち受けていたのは──、

「……エミリアたん、そのほっかむりはどうしたの？」

「ふふ、ラムやレムに見つかるわけにはいかないでしょ？　だから、何かいい方法はないかなってパックに相談したの。そうしたら、この名案を教えてくれたのよ」

「名案……いや、可愛《かわい》いけども」

そう言って自慢げにしたのは、白いタオルで頭にほっかむりをしたエミリアだった。どうやらパックの入れ知恵らしいが、もちろん、彼女の生来の愛らしさは微塵も隠されていないので、おそらく悪戯の類《たぐい》だろう。

その努力の空振りはともかく、周囲を警戒する姿勢は正しい。ので、スバルはほっかむりには言及せず、「それにしても」と空き部屋を見回した。

「なんでこの部屋？　待ち合わせはエミリアたんの部屋だったのに」

「食堂で、スバルがレムと待ち合わせてたのは聞いてたから。それで、なんだかすごーく待ちきれなくて……いてもたってもいられなくなっちゃったの」

「なんだその可愛《かわい》い理由……」

「それで、レムには気付かれてない？　レムがラムの誕生日のお祝いを準備してる裏で、私たちがレムの誕生日のお祝いを準備してるってこと」

「すげぇややこしいことしてるせいだけど、すげぇややこしい説明だね」

「私も、言っててちょっとこんがらがっちゃいそう……」

舌を出して照れ笑いするエミリアに、スバルはやれやれと肩をすくめる。

――これが、このロズワール邸の水面下で進行している誕生パーティーの裏の顔だ。

問題の焦点は、鬼の姉妹が姉も妹も、どちらも誕生日の主役に自分がなろうとしないこと。しかし、そんな二人の謙虚と頑固をスバルは絶対に認めない。

ラムには当初の予定通り、レムの誕生会の準備を進めていると話しておき、その裏ではこっそりとレムと共謀し、ラムの誕生会の準備を用意している手筈《てはず》になっている。

「と、そう言っておいて、実はレムのことも祝っちゃう計画なんだな、これが」

つまり、実際の計画はラムとレムの姉妹を同時に祝う誕生会。二人はそうとは知らず、それぞれ互いの誕生会を準備し、互いに祝われる準備が整いつつあるのだ。

「そうでもしないと、絶対にどっかで計画が破綻してたからな……」

「ラムもレムも、こういうところはすご－く頑固だもんね」

「結局、姉妹ってことなんだよ。二人とも、変なとこでそっくりなんだ」

顔立ちだけでなく、頑《かたく》なところまで瓜二《うりふた》つでなくてもいいのにと嘆息《たんそく》する。

遠慮癖の強いレムも、自分の祝われる分まで妹に捧《ささ》げたいと願うラムも、究極的には
どっちもどっちといったところであった。
「ラムはレム想《おも》いなのよ。それで、レムはラム想いなの」
「そのおかげで成立してる作戦ではあるけどね。正直、ダブルスパイやってる俺としては
どこで凡ミスするかわからなくてハラハラするけど」
　言いながら腹をさするのは、何もスイーツで満腹だからばかりではない。計画の成否は
スバルの立ち回りにかかっているといっても過言ではないのだ。その思いがけない心理戦
に、キリキリと胃が甘く痛んでいるのである。
「だが、これがサプライズを仕掛ける側の負うべき痛み……！」
「大丈夫？　ホントは私が代わってあげられたらいいんだけど……」
「まぁ、エミリアたんに嘘《うそ》で矢面に立ってもらうのって、今のとはまた別次元で胃が痛み
そうだから、気持ちだけ受け取っておくよ」
　慣れない＋向いていないエミリアに嘘をつかせるのは、自分が二人を謀《たばか》っている現状以
上にスバルの胃を痛めるとわかっていた。結局、共倒れになる未来が見えたので、スバル
としては丁重にエミリアの提案は遠慮しておく。
「それもこれも、二人をきっちり驚かせるためだ。このぐらい、屁《へ》でもねぇさ」
「ん、そうよね。……実は、私も不謹慎かもしれないけど、すごーく楽しいの」
「エミリアたん小悪魔への道が開花しつつあるのか……鬼に金棒どころじゃないな」

「ごめん、ちょっと何言ってるのかわかんない」

と、そんないつものやり取りを交わしつつ、エミリアの存在に励《はげ》まされる。二人のためを想《おも》っているのが一人ではないというわけで、気持ちは晴れやかだ。

「それがエミリアたんなら、百万の軍勢が味方についたも同然……」

「パックと合わせても、二人分しかないと思うけど……」

「いいからいいから。とにかく、エミリアたんにももうしばらく窮屈してもらうことになるけど、無理は禁物だからね」

「もちろん、わかってます。他に、何か私がしておくことってある？」

「そうだね。とりあえず、気合いは入れておいてくれ」

「わかったわ。ちょっと待ってね。ん！　よし、入った」

「可愛《かわい》い」

ぐっと拳を握ったエミリアに惚《ほ》れ惚《ぼ》れしつつ、スバルは経過報告を終了。二人でこっそりと空き部屋を出て、この先の健闘を誓い合い、別れる。

「スバル、絶対に成功させようね」

「おうともよ」

そう言い残し、エミリアはほっかむりを直してからそそくさと退散する。慎重に窓の外を窺《うかが》い、足音が聞こえないか耳を澄ませ、微精霊を飛ばして周囲に人がいないかを確認して、マナの光で全身をキラキラさせながら走っていった。

実に可愛い工作員ぶりだが、何一つ隠せていない点ではスバルの洞察は当たっていた。

「……やっぱり、俺の考えは間違ってなかったか」

首をひねり、スバルはエミリアとは反対側へ歩き出し、別の目的地へ向かう。

ラムと話し合い、レムと共謀し、エミリアと悪巧みをした上で足を運ぶ場所――そこが最後の目的地であり、ナツキ・スバルの『共犯者』の居所だ。

「――ここだな」

ふらふらと屋敷の中を歩き回り、スバルは誰とも遭遇しなかったことに安堵《あんど》しつつ、その『扉』に手をかけた。一見、それはただの空き部屋の扉だ。

しかし、その先が空き部屋でないことを、スバルの直感が理解していて――、

「――やーぁ、遅かったじゃないか、スバルくん」

開かれた扉の向こう、無数に書架の立ち並ぶ部屋の中で道化姿の男――ロズワール・L・メイザースが笑顔を浮かべ、『共犯者』のスバルを出迎えていた。

10

「それで、三人はうまーぁく騙《だま》せたのかな?」

「――――」

「黙り込んで、どうしたんだい?」

「……いや、この短い時間で同じようなやり取りを繰り返してるからな。改めて、自分が薄汚いトリプルスパイって事実を噛《か》みしめてる」

「それは心中察するとーぉも。しかし、これもなかなか貴重な体験だ。楽しむことも必要じゃないかな。実際、エミリア様はそんな調子だろう？」

片目をつむり、おどけた仕草でロズワールは直前のやり取りを揶揄《やゆ》してきた。そのことにスバルが目を丸くすると、彼は自分の耳を指差し、

「私の耳は特別製……というのは冗談だけど、屋敷の中ぐらいなら狙ったところの声を聞くぐらいの芸当は可能さ。特に、エミリア様は目立つからねーぇ」

「それについちゃ俺も同感だよ。本気で一生懸命なのは疑いようがねぇけど」

スバルとの別れ際、目立たないように目立っていた姿が思い出される。

常に真剣なところはエミリアの美徳だが、やはり人の裏を掻《か》いたり、誰かを騙《だま》すような謀《はかりごと》には全く向いていない。

そして、そんな隠し事に不向きなエミリアに代わって――、

「――真の悪巧みをする、俺たち『始まりの四人』がいるわけだ」

「勝手にその不名誉な集いに交ぜるんじゃないかしら！」

腕を組み、重々しく言ったスバルに甲高い怒りの声が被《かぶ》さった。見れば、顔を赤くして怒鳴ったのは、部屋の中央の脚立に座るベアトリスだ。

この密談の場、禁書庫の管理人であり、『始まりの四人』の一人である。

「だから、その『始まりの四人』っていったい何のことなのよ！」

「始まりの部分は完全にノリで付けたけど、意味的には本当の共犯者ってとこだよ。この計画を成功に導くために、必要不可欠な面子《メンツ》……そのことだ」

「ぐぬぬ……」

口惜《くちお》しい、と顔をしかめるベアトリスだが、それでスバルたちを追い出す強硬手段には出ない。その理由は、『始まりの四人』の最後のメンバーの存在が大きい。

歯軋《はぎし》りするベアトリスと、そんなベアトリスを愉《たの》しげに見ているロズワール、そして企《たくら》みの首謀者たるスバルと、最後の一人は――、

「――あんまり、リアのことをからかわないでほしいな。素直なところが、リアの最高に可愛《かわい》いところの一つなんだから」

そう言いながら、ベアトリスの縦ロールを潜《くぐ》って姿を見せるパックである。普段から一緒のエミリアの傍《そば》を離れ、スバルたちに与《くみ》する子猫の精霊。

この四人――三人と一匹が、『始まりの四人』であった。

「まぁ、実際に始めたのはラムだから、全然『始まり』じゃないけど」

「私は嫌いじゃーぁないけどね。単なる共犯者なんて色気のない響きより、ずっと胸が弾む響きじゃないか。だろう、ベアトリス」

「なんでベティーに確かめるかしら。ベティーはその始まりのなんちゃらにも、お前やその男と協力することにも賛成してないのよ」

「そう言わずに、機嫌を直しておくれよ、ベティー。いつまでもむくれてちゃ、せっかくの可愛《かわい》い顔が台無しだよ？」

「にゅ……にーちゃが、そう言うんなら……」

肩の上、頬《ほお》ずりするパックに唇を尖《とが》らせ、ベアトリスが渋々と立場を受け入れる。その様子にスバルは「ちょろい」と唇を舌で湿らせ、

「じゃ、改めて、ラムとレムのサプライズ誕生会の集いに参加感謝する。今回はラムとレムの協力が借りられない代わりに、屋敷の全員参加で大助かりだ」

そのまとめに、微妙な顔をするベアトリスも含め、スバルは全員に頭を下げる。

「屋敷の全権を持ってるロズワールと、エミリアたんのフォローができるパック。で、暗躍にぴったりの魔法持ちのベア子の協力で、事態は順調に進行中だ」

「何たる聞こえの悪い言い方かしら……。ロズワールも、よく勝手を許すものなのよ」

「私は、わりと屋敷の人間の思いつきには寛容なつもりだーぁけどね。とはいえ、いつもは見守ることが多いが……今回は、ラムとレムのことだから」

薄く笑い、珍しい親愛を覗《のぞ》かせながらロズワールが協力の理由を表明する。そのロズワールの態度に、スバルは素直に彼を見直した。

当たり前だが、ラムとレムの二人を大事に思っているのはスバルだけではない。

思い返せばロズワールは、魔獣騒動の最中にレムが亡くなった周回でも、彼女の死を強く悼《いた》んでいた。十年来の付き合いなら、それも当然のことだろう。

「二人に内緒で悪巧み、という胸躍る提案に乗らないわけにもいかないしねーぇ」

「見直した途端にこれ！　それでこそ、俺の知ってるロズっちだぜ！　悪趣味！」

「そんなに褒められると照れるじゃーぁないか」

普段の調子に戻るロズワールに、スバルも親指を立てて朗らかに笑う。そんな共犯者二人の様子に、ベアトリスは頬杖をつきながらため息をついた。

「ったく、いつまで不貞腐《ふてくさ》れてんだよ。空気読めなんて俺に言われちゃおしまいだぞ」

「ついに自分で言い出しやがったかしら！　……今さら、計画にあれこれ言いやしないのよ。でも、全部済んだら、お前は絶対に三人に叱られるかしら」

「あー、それはまぁ、必要経費と思っておくから……」

レムはともかく、さすがのエミリアもこれにはお冠だろう。何より、ラムの怒りの炎が燃え上がることは確実だ。焼け死なないよう、言い訳は考えておかなくては。

「なーぁに、そのときは私も一緒に叱られてあげるとも。『始まりの四人』じゃないか」

「リアのこともあるし、ボクも付き合ってあげるよ。『始まりの四人』だからね」

「その理屈だと、ベティーまで同じぐらい怒られてる計算になるのよ……」

「お前も『始まりの四人』だからな」

悪巧みの中で育まれた絆《きずな》が、四人をがっちり一蓮托生《いちれんたくしょう》として仕上げてくれている。こんな気持ちでサプライズなんて初めて、もう何も怖くない。

「へへ、仲間がいるっていいな、ベア子」

「お前の辞書、仲間って書いて『道連れ』って読むみたいかしら……」

いい加減、スバルの戯言《たわごと》に付き合うのはうんざりとベアトリスが肩をすくめた。だが、その反応はスバルに言わせれば、達観ではなく慣れだ。

繰り返される戯れの日々に、ベアトリスはついに適応してしまった。

「染まった、の方が適切な表現じゃーぁないかい？」

「それな」

「人が怒らないでいてやってるのに、気遣い甲斐《がい》のない奴《やつ》らなのよ！」

スバルとロズワールへの激昂《げきこう》で、自分の気遣いを暴露してしまうベアトリスに乾杯。

「とにかく、誕生会の決行に向けて全員、準備と警戒を怠るな。ロズワールはラムの警戒、パックはデコイ役のエミリアたん……略してデコリアたんのフォローを頼む。ベア子は今の調子で本部待機だ。重要だぞ」

「もう、勝手にすればいいかし……本部⁉」

「えいえい、おー！」

禁書庫を『始まりの四人総本部』とされたベアトリスの驚きを余所《よそ》に、ロズワール邸の男三人はぐっと拳（パックだけ全身）を突き合わせた。

――こうして、誕生会を巡る熾烈《しれつ》な祝い合いは水面下の激しさを増していくのだった。

11

一方その頃、ラムは周りの企《たくら》みに薄々勘付いていた。

この『周り』というのは、主にレムやスバル、エミリアのことを意味する。隠し事といえばロズワールも含まれるが、彼が企むのはいつものことなのでここでは割愛した。

ともあれ、水面下で何かが動いている。

「……どうせ、誕生会のことでしょうね」

深く考えなくても察しはつくが、深く考えてもそれ以外の答えが見当たらなかった。

元々、ラムが『祝い事』を提案したのは、自らの呪縛から解放されたレムを目一杯祝福することが目的だった。それはラムの悲願でもあったから。

誤算だったのは、ラムの想像以上のレムの遠慮癖と、あろうことかラムを出し抜こうと暗躍するナツキ・スバルの尻軽ぶりである。

もっとも、ラムからすれば、本気で出し抜く気があるのか怪しいものだったが。

「あ、姉様！」

ふと、廊下で行き合ったレムがパッと顔を明るくして駆け寄ってくる。目を輝かせる妹の姿は実に愛らしく、ラムの眉間の皺《しわ》が瞬く間に消滅した。

「あら、どうしたの、レム。廊下を走るなんてはしたないわよ」

「ご、ごめんなさい。つい、姉様を見かけて嬉《うれ》しくなってしまって……いいえ、別に嬉しくなった特別な理由はありません。ありませんが、つい」

「……そう、特別な理由はないのね」

「はい、全くありません！　ですが、レムが姉様に駆け寄ってしまうのに特別な理由はいらないと思います。……レムは何を言っているんでしょうか」

しょんぼりと、自問自答しながらレムが俯《うつむ》く。その様子に目を細め、ラムは可愛《かわい》い妹を慰めるようにそっとその頬《ほお》を撫《な》でた。

「別におかしなことなんてないわ。ラムは思わず駆け寄りたくなる姉様だもの。レムの気持ちも無理のないことよ」

「そうですよね！　あ、姉様、それではまたあとで……当日が楽しみですね。いいえ、レムは何にも知りませんが」

「……そう」

隠せない喜びを瞳の裏に押し隠したまま、レムがパタパタと小走りに走り去る。その背中が見えなくなったあたりで、ラムの眉間に再び皺《しわ》が刻まれた。

今のやり取りで、レムがラムに伝えたかったことは何なのか。というか、伝えたくなかったことの方を探るべきなのか、ラムの姉心は揺れに揺れていた。

「あ、ラム……」

そうして思い悩むラムの下へ、またしても呼びかけが届いた。顔を上げると、ラムの方へ早歩きにやってくるのはエミリアだ。彼女はきょろきょろと周りを見回し、床に慎重に

足をつけて足音を殺しながら――、

「今、ちょっとだけいい……？」

「構いませんが、どうしてそんなに小さい声なんですか、エミリア様」

「それはね、すごーく大事な理由があるの……。でも、それはラムには話せなくて……あ、ラムだけじゃないの。レムにも話せないのよ」

「……そうですか」

息のかかるほどの距離で、エミリアが口元に手を当てながらひそひそ話をする。確かに声量は慎重だが、肝心の言動が全く慎重ではなかった。

しかし、エミリアはそんなラムの感想を余所《よそ》に、紫紺の瞳をキラキラとさせて、

「あのね、ラム……ホントにただの興味本位の好奇心なんだけど、聞いてもいい？」

「質問にもよりますが」

「あのね？　もしも、もしもよ？　何か一個だけ、お願いが聞いてもらえたり、欲しいものがもらえるとしたら、ラムは何をお願いする？」

「――――」

変化球を装ったエミリアの直球に、ラムは一瞬だけ言葉を失った。

よもや、何かの引っ掛けなのかと疑ってかかるラムだが、エミリアはちらちらと落ち着きなくこちらを窺《うかが》っており、隠し切れない期待に頬を赤らめている。

これが演技でないことは、エミリアとの半年間の生活でラムにはわかっていた。つまり

エミリアには何の企《たくら》みもなく、ただ隠し事が下手なだけなのだ。

「……演技力、でしょうか」

「エンギリョク……って、演劇とかの？　ラム、演劇がしたいの？」

「いいえ、エミリア様の演技力です」

「私の……もう、悪ふざけしないの。私、すごーく真剣に聞いてるんだから」

「興味本位の好奇心というお話では？」

「あ！　そうよ、雑談よ。雑談だけど、真剣な雑談なの。全然、雑じゃないのよ」

誤魔化《ごまか》し方がすごーく雑だった。

そんなエミリアの真剣で雑な態度に、ラムは珍しく返答に窮する。ここで適当にお茶を濁《にご》すことは可能だが、それは根本的な解決にはならない。

かといって——、

「——？　どうしたの？」

ラムの薄紅の疑心に、無邪気に首を傾《かし》げるエミリアは緊張感がない。これはおそらく、重要なことは何も知らされていない雰囲気だ。おそらくエミリアは見え透いた囮《おとり》であり、本命はもっと水面下で動いているのだろう。

そうとも知らず、エミリアはぐいっと前のめりにラムと距離を詰め、

「それでそれで？　ラム、お願いとか欲しいものは決まった？　あ、できれば、私にできることで、私が買えるものだといいんだけど……」

「エミリア様には、もう少し周りを疑う心をお持ちになっていただきたいです」

「ふふっ、今は冗談を話してほしいときじゃないのに。ラムったらひょうきんね」

「説得力をください」

「ラム、さっきからなんで力ばっかり欲しがって……心配事でもあるの？」

本気で心配されてしまい、ラムはため息をつきたくなった。が、今度はそのため息を心配されるのが目に見えていたので、それも堪《こら》えた。

「そうですね……ちゃんと考えておきます」

「わかったわ。すごーく大事なことなの。だから、真剣に答えてね」

直前のやり取りを完全に忘れて、エミリアはラムに強く念押ししていった。そして、立ち去る途中で「あ！」と自分の役割を思い出したように、慌《あわ》てて忍び足を再開する。

「てへぺろ」

エミリアが見えなくなる寸前、彼女の銀髪の隙間で子猫が舌を出すのが見えた。おおよそ、その役割を察したが、大精霊にも娘が御し切れていないと思う。

「よぉ、ラム。こんなとこで立ち止まって何を……顔、怖っ！」

「はぁ……」

我慢していたため息を盛大に吐き出し、ラムは隣に立つスバルを上目に睨《にら》みつけた。その視線の鋭さに、スバルは頰《ほお》を引きつらせると、

「ど、どうしたよ。姉様らしくもなく、感情が顔に溢れすぎてるぜ？」

「仮にこれがバルスの策略なら、今のところラムは完全に術中に嵌《は》まっているわね。このまま、ラムが疲れ果てたらバルスは満足？」

「人聞き悪いこと言い出してどうしたの⁉」

「ハッ！　白々しい。せいぜい、調子に乗りなさい。最後に笑うのはラムよ」

「待て待て待て、わかんないって！　落ち着いてちゃんと話し合おうぜ！」

そのとぼけた顔にラムが舌打ちすれば、狼狽《うろた》えながらスバルが道を塞いでくる。その鼻面を睨《にら》みつけ、ラムは己の肘を抱くように腕を組んだ。

「いいわ、話に付き合ってあげる。――それで、レムの件は進んでいるの？」

「お、おお、助かる。で、進捗だけど、ボチボチって感じだな。少しずつ、レムの態度は軟化してるんで、このままごり押ししていけば時間の問題だ」

「でしょうね」

「さっきから返事に棘《とげ》ないか⁉　なんか気に入らないことでもあったの⁉」

「しいて言えば、バルスの顔？」

「んんんっ！　そろそろ慣れて愛していただきたい……！」

頰《ほお》に両手を当てて、下手くそな愛想笑いをするスバルにラムは鼻を鳴らした。

その腹の底で何を企《たくら》んでいるのか、この場で追及することは容易《たやす》い。だが、これで頑固なスバルは簡単には口を割るまい。そこは彼とエミリアの明確な違いだ。

尋問で口を割らせるのが困難なら、ラムが選ぶ方法は――、

「ところで、エミリア様のご様子が変だけど、バルスは心当たりはある？」

「様子が変って、具体的には？」

「そうね。そわそわしているのを隠そうとして全然隠せていないわ」

「聞くだに可愛《かわい》いな」

ラムの言葉に、スバルは物憂げに目を伏せた。が、その反応は予想されたものだ。つまり、エミリアの態度はスバルにとって痛手ではなく、織り込み済み。

そして──、

「……な、なんだ？　どうかしたか？」

「……別に」

ちらりと流し目を送ると、露骨に焦った顔をするスバル。その反応を目の当たりにしたラムは、小さく消えるような嘆息《たんそく》をこぼした。

──レムやエミリアだけでなく、彼さえも、決して隠し事がうまくないのだと。

12

そんな疑心と疑念を渦巻かせたまま、問題の当日はやってくる。

「──姉様、おはようございます。とても大切な朝ですよ」

とは、寝台に横たわるラムの鼓膜を最初に揺すぶった愛《いと》おしい声だ。

閉じた瞼《まぶた》をゆっくり開けると、カーテンの開け放たれる音と、明るい朝日が差し込んでくるのがわかる。――キラキラと輝く室内に、レムの姿があることも。

「……あと五分」

「いけませんよ、姉様。できればレムも、姉様のお願いは叶《かな》えて差し上げたいのですが、今日はダメです。さあ、起きてください」

「なんてことなの。レムがラムに厳しいなんて、今日はもう立てないわ」

「ね、姉様……」

「冗談よ。さあ、レム、着替えさせてちょうだい」

楽しげだったレムの表情が曇る寸前、ラムは器用に起き上がり、両手を伸ばした。その着替え待ちの姿勢を見て、レムは「はい！」と嬉《うれ》しそうに準備を始める。

いつもの手順で蒸《む》しタオルで顔を拭き、寝間着を脱いで制服に着替える。それから髪を整えてもらい、姿見で身嗜《みだしな》みを整えれば完成だ。

「完璧ね」

「はい、さすが姉様です。レムも鼻が高いです」

着替え終えたラムの隣で、レムは鼻歌でも歌い出しそうな上機嫌だ。そんな妹の姿に、ラムは言いかけた言葉を引っ込め、連れられるままに部屋を出る。

朝、屋敷のエントランスで落ち合い、一日の仕事の方針を確認するのがロズワール邸の使用人たちの決まり事だ。しかし――、

「……バルスがいないわね。寝坊かしら」

「ええっ、そんなまさか。スバルくんが寝坊なんて、そんなはずがありません」

無人のエントランスに靴音を響かせ、ラムの一言にレムが即座に反論する。ただ、その反論がラムには何故《なぜ》かひどい棒読みに聞こえた。

「――レム？」

「くんくん、くんくん……いえ、姉様、お任せください。スバルくんは必ず……こっちの方にいるのではないでしょうか。くんくん……」

目を細めたラムを手で制し、レムが可愛《かわい》らしく鼻を鳴らしながら歩き出す。

鬼族は嗅覚も人並み以上に発達しているが、少なくともラムには特定の誰かの匂いを嗅ぎ分けるほどの嗅覚はない。レムのそれも、演技であってほしいと切に願う。

そんなラムの願いを余所《よそ》に、前を歩くレムの足が止まったのは食堂の前だ。

「姉様、どうやらスバルくんはこの中のようです。どうしますか？」

「外から呼びかけたらいいと思うわ」

「いいえ！　いけません！　スバルくんは耳がとても残念なので、外からの声では気付けないかもしれません。ここは、姉様が直接中に」

さあ、と場所を譲り、レムが食堂の扉の前にラムを導く。その妹の剣幕《けんまく》に思わず気圧《けお》されたラムだが、その思惑に従う前に小さく鼻を鳴らした。

「――」

前述した、優れた鬼族の嗅覚が、食堂からの甘い香りを捉えていた。

「姉様」

隣では、レムが期待を隠し切れない顔でぎゅっと拳を固めている。仮に彼女に犬のような尻尾があれば、それはそれは大きく左右に振られていたことだろう。

期待を裏切れない。その姉としての使命感に、ラムは珍しく天に祈る。

――願わくば、エミリアに願った演技力よ、我が身に宿れと。

「――バルス、いるの」

瞬間、神がかった素知らぬ調子で語りかけ、ラムが目の前の扉を押し開けた。その扉の向こう、誰かが立っているのがおぼろげに見えて――次の瞬間だ。

「ハッピーバースデー！」

声高に何者かが叫び、同時に空気の破裂するような音と紙吹雪が炸裂《さくれつ》する。その光景には覚えがあり、ラムが目を細めた。そこへ――、

「ははは、どうだ！　これはさすがに驚い――」

笑いながら飛び出したスバル、その真横を凄《すさ》まじい勢いで鉄球が通過する。回転する棘《とげ》付きの凶器がスバルをスレスレ掠《かす》め、のたくる鎖の音が邸内にけたたましく響いた。

「す、すみません、スバルくん！　大きな音がして、とっさに……！」

「――――」

手元に鉄球を引き戻したレムが、硬直しているスバルに駆け寄る。その声に、スバルは

ぺたぺたと自分の体の存在を手で確かめて、

「い、今、俺、死にかけた……よな？」

「言い忘れていたけど、クラッカーをレムに試そうものなら、奇襲だと思ったこの子に粉々にされてもおかしくないわよ」

「そういう時限爆弾はもっと早く処理してくださいます!?」

淡々《たんたん》としたラムの物言いに、臨死の恐怖に震えていたスバルが声を裏返させる。その横でレムはひたすらに恐縮しているが、調子に乗ったスバルにはいい薬だ。

少しは、ここまで心労を募らせ続けたラムの身にもなってほしい。

「それで、これは何の余興？」

「余興とかじゃねぇよ。大体わかるだろ？　わからねぇなら……エミリアたん！」

「任せて！」

ラムへの返事にスバルが指を鳴らした。すると、その響きに食堂の奥にいたエミリアが強く床を踏む。そして、彼女は天井へその指を伸ばすと、

「パック！」

「オーケー、リア。まだ朝で眠いけど、景気よくいこうか！」

舞い踊る淡《あわ》い光が集まり、エミリアの指先に小猫の精霊が現出する。そして、一人と一匹が頷《うなず》き合い、迸《ほとばし》る白光が食堂の天井を埋め尽くした。

刹那、光が晴れると、そこにあったのは──、

「──氷の、飾り付け」

光に包まれた食堂、そこには氷によって形作られた様々な装飾品が誕生していたが、中でもひと際目を引くのが、天井一面を使って描かれた氷の絵画だ。

それは、氷の凹凸《おうとつ》を利用して陰影を刻まれた、氷結の肖像画であり──、

「デザインしたのは俺な！　アイスインテリアも見事だけど、よくよく見てみ？」

「──！　姉様、あれはひょっとして、姉様とレムの絵では？」

レムの指差す先、そこにはラムとレムの寄り添った、氷の姉妹肖像画であった。

「これが、俺やエミリアたん、屋敷のみんなからの、ラムとレムの誕生会だよ」

「そうよ。このときのためにすごーく頑張ったんだから」

「はい！　これが姉様とレムの誕生会……ええ!?　れ、レムもですか!?」

スバルとエミリアが手を打ち合わせ、それに同調しかけたレムが仰天する。どうやら、自分が祝われるとはレムも本気で思っていなかったらしい。おそらく、レムにはラムだけの誕生会と、そう話が通っていたのだろう。

それに気付かないレムの純朴さや、それを騙《だま》したスバルの悪逆非道には思うところがある。思うところはあるのに──、

「──ぁ」

思うところはあっても、言葉が出てこないこともあるのだ。

「これはこれは、思った以上に効果があったみたいじゃーぁないの」

言葉に詰まるラムの肩を、後ろから大きな手が優しく支えた。その感触と温《ぬく》もりに振り返れば、そこには幾度見てもラムの胸を疼《うず》かせる男の顔がある。

「これを君に伏せておくのは一苦労だったよ。その甲斐《かい》は、十分あったけーぇどね」

「だな！　ラムの驚いた顔なんて、簡単に見られるもんじゃねぇし……ぶぁ!?」

「うるさい」

ロズワールに応じ、勝ち誇ったスバルの顔面にラムが自作クラッカーを叩《たた》き込《こ》む。破裂する空気音と紙吹雪に揉《も》まれ、スバルが思わずひっくり返った。

「ば、馬鹿な……お前、どっからクラッカーを……」

「簡単な構造だし、すぐに作れたわ。ついでに、中に詰めた紙切れは浴びた相手の全身に貼りつくように改造しておいたわ」

「だから顔から剥《は》がれねぇのか！　ぐああ！　前が、前が見えねぇ！」

「あ！　ダメよ、スバル！　そんな乱暴にしちゃ、顔がめちゃめちゃになっちゃう」

「スバルくん！　顔がめちゃめちゃになる前に洗いにいきましょう。こっちです」

紙吹雪を顔に貼りつけたまま、めちゃめちゃになると脅されたスバルがレムたちに連れられていく。そうして食堂を出る前、エミリアがちょこんとラムに振り返り、

「あ、そうそう。ねえ、ラム、ちゃんとお望みのものを用意しました。驚いた？」

「お望みのもの、ですか？」

嬉《うれ》しげなエミリアの言葉を受け、ラムは食堂のテーブルに目を向ける。テーブルにはレ

ムの手製の菓子類が所狭しと並んでいて、妹の張り切りようが目に浮かぶようだ。

そんなテーブルの中央に、異様な存在感を主張している料理があった。

「あれは……ブルルゥ豚の丸焼き」

「食べたいって言ってたでしょ？　だから、一生懸命仕留めてきたの。嬉《うれ》しい？」

可憐《かれん》な外見と裏腹に、なかなか堂に入った狩人《かりゅうど》ぶりのエミリアにラムは頷《うなず》いた。そうでなくては、厄介払いに適当な贈り物として所望され、丸焼きにされた豚が哀れだ。

「痛い痛い痛い！　顔が剥《は》がれる！」

「あ、スバルが大変みたい。私も手伝ってあげなくちゃ」

洗面所の方から聞こえる悲鳴に、エミリアが小走りに食堂を出ていく。と、そんな彼女と入れ替わりに、食堂にドレス姿の少女がやってきた。

「まったく、朝っぱらからやかましいことこの上ないかしら」

「ベアトリス様まで」

悲鳴の合間を縫い、姿を見せたベアトリスにラムは驚く。その驚きに、ベアトリスは「何なのよ」とじと目でこちらを見上げ、

「別に祝ってやりにきたんじゃないかしら。そもそも、お前たち姉妹の誕生日なんて、ベティーには何の関係もないのよ。ただ、豪勢な食事にありつきにきただけかしら」

「ラムは別に何も聞いていませんが」

「うるさいのよ！　お前はただ、ベティーの言葉に納得すればいいかしら！　ふん！」

すまし顔を真っ赤にして、ベアトリスはさっさとテーブルの自分の定位置へ。その小さな背中を見送り、くつくつとロズワールが小さく笑った。

「なんというか……実に可愛《かわい》らしいねーぇ、君たちは」

「……悪い方。ロズワール様には、全員の思惑がわかっていたのでしょう？」

「まぁ、スバルくんやエミリア様、それにレムの隠し事はバレバレだったしね。君の目を誤魔化《ごまか》せるとも、誤魔化す意味があるとも思ってなかったのは事実だーぁよ」

「――――」

「なにせ、君のことだ。たとえ事情を見透かしたとしても、一生懸命なレムたちの想《おも》いを蔑《ないがし》ろにするはずがない。思い悩む君の横顔は、私にとっては甘露だったけどね」

「……本当に、悪い方」

知らず、掌《てのひら》で弄《もてあそ》ばれていたのだと気付き、ラムが微《かす》かに頬《ほお》を硬くした。そんなラムの反応に肩をすくめ、ロズワールは「いやいやいやいーぃや」と笑う。

「私には私の祝福の仕方がある。鬼族の墓前で鎮魂《ちんこん》について語ったが、祝福だって同じことさ。化かし合いは私の勝ち……この場合、祝い合いというべきかな」

祝い合いとはずいぶんと馬鹿げた話だが、実際、見透かされたラムは完敗だった。

全部、ロズワールの言う通りだ。レムやエミリア、ついでにスバルの気遣い、思いやりを拒めなかった時点で、この日の敗北は確定していたのだろう。

「祝われるんだ。敗北感は忘れたまえ。君はもっと、自分で自分を甘やかしてもいい」

「でしたら、ロズワール様がそうしてくださるのが一番です」

「おっとっと、これは藪蛇《やぶへび》だったかーぁな？」

ロズワールの苦笑、それに温かみを感じ、ラムは自分の敗北感の手打ちとした。

と、そんな調子で話の一段落がつくと――、

「おい、ラム！　お前、ヤバかったぞ！　危うく顔がなくなるところだ！」

そこへ、顔を洗い終えたスバルがレムとエミリアを連れて戻ってくる。その剣幕《けんまく》にラムは「ハッ」と鼻を鳴らし、

「その方が見れるようになったでしょう。惜しいことをしたわね」

「カオナシの方が見れるって、お前、そんなに俺の顔嫌いなの？　愛せよ！」

騒がしく文句を垂れるスバルに肩をすくめ、ラムはテーブルの定位置――ではなく、用意された上座の誕生日席に腰を下《お》ろす。

何となく落ち着かないが、それをスバルたちに悟られるのはひどく癪《しゃく》だった。

「ねえ、ラム、ブルルゥ豚の丸焼きはどう？　満足できそう？」

「申し訳ありません、エミリア様。ラムは肉料理はあまり得意ではないので……」

「じゃあ、なんでこれが欲しいって言ったの⁉」

多少、わがままを言っていい日だと思ったから、ラムは正直に豚嫌いを告白した。哀れな豚の処理はスバルとエミリアに任せ、ラムは芋料理の数々を満喫する。

スバルとエミリアが豚の丸焼きに悪戦苦闘し、ベアトリスがパックとロズワールにから

かわれながら甘味を堪能する。頭上、姉妹の肖像画では二人が微笑《ほほえ》んでいて、何ともラムが期待したものと大違いの『祝い事』となってしまった。

だが──、

「──姉様」

隣に並んだレムが、そっとこちらの表情を窺《うかが》っている。それは隠し事をしていたことへの申し訳なさであり、同時にラムがこの誕生会をどう思っているかへの期待と不安。

「馬鹿ね」

と、ラムは微笑み、心配そうにしているレムの頭を撫《な》でた。途端、レムは許しを得たように目を輝かせ、それから可愛《かわい》らしく彩られた焼き菓子を差し出して、

「姉様、お誕生日おめでとうございます」

微笑むレムから焼き菓子を受け取り、ラムは息を呑《の》むと、微笑み返した。

「ええ、レムも、誕生日おめでとう。──本当に、ラムはレムが妹で幸せよ」

心から、尽きぬ愛情をこめて、ラムはレムに祝福の言葉を贈った。

「──誕生日、おめでとう!!」

そしてその直後に、ロズワール邸には祝福の言葉が飛び交う。

──だって、この日は誕生日。一年で一度、誰もが主役になれる日なのだから。

13

「それにしても、バルスやエミリア様のくせに生意気でしたね」

「ははは。終わったあとの悪態とは、君もずいぶんと可愛《かわい》いことをするじゃーぁないか」

　小さく笑い、ロズワールが自分の胸板に体を預けるラムの頭を撫《な》でる。その掌《てのひら》の感触を堪能しながら、しかし、ラムは隠せぬ不服に唇を噛《か》んでいた。

　夜、屋敷の最上階にある執務室で、日課である角の傷の治療を受けたところだ。その治療の余韻《よいん》に浸りつつ、今日一日のことを二人で語らいながら振り返る。

「ロズワール様も、悪巧みへの加担、お疲れ様でした。バルスやエミリア様の企《たくら》みは幼稚すぎて、ロズワール様には退屈すぎたと思いますが」

「おっと、それは嫌味《いやみ》だね？　まぁ、あれはあれで楽しめたから悪くなかったさ。たまには童心に返るのも、家督を乗っ取る前を思い出せて悪くない」

「その政争と、バルスたちの悪ふざけは同じ天秤に載らないかと思います」

　大貴族として生まれ、その地位を維持し続けるロズワールの人生は陰謀や暗躍が必至の政治闘争に塗《まみ》れている。それを、スバルたちの遊びと一緒にはできまい。

　そう、結局、誕生会は遊びだった。遊びだから、スバルやエミリアでよかったのだ。

「君の望んだ通り、レムを誕生会で喜ばせるにはスバルくんたちの方が適任だった。私の暗躍なんてないも同然だよ。……君は、見抜いても邪魔できないんだから」

「……あえて空気を悪くする理由がなかっただけです」

「そうかい？　なら、そういうことにしておこーぉじゃないか」

含み笑いするロズワールには、ラムの胸中など完全にお見通しなのだろう。角の傷跡を通して、最も深い部分まで触れられているのだ。今さら、隠し立てもできない。

だから、ラムがこの場でできる反撃といえば――、

「レムやエミリア様、バルスからの祝福は受けましたが……ロズワール様からも、何かいただいて構いませんか？」

「――。もちろん。こう言っては自分の首を絞めるようだが、君の里帰りに付き合った一日の、夜の時間は未使用のままだからね。何かあれば」

「――でしたら、今しばらく、このままで」

先んじて、そう言ったラムの視線を間近に受け止め、ロズワールが息を詰める。そんな彼の珍しい反応が見られて、ラムはようやく、満足感に胸を満たされた。

「そんなものでいいのかい？」

「そんなものが、いいんです」

それ以上、語る口を持つ必要もなく、ラムは静かにロズワールに体を預け続ける。

幸福なレムの笑顔と、愛《いと》しい相手の温《ぬく》もりと、騒がしくも嫌いになれない面々からの祝福があって――まぁ、悪くない誕生日だったと、月夜にラムは微笑《ほほえ》むのだった。

《了》

# 『三馬鹿が行く！　呪われた女神像編』

## 1

それは豪華絢爛《ごうかけんらん》、煌《きら》びやかな上流階級の世界のお手本のような光景だった。

立食形式のパーティー、会場の内装は贅《ぜい》を尽くした華やかさで、豪奢《ごうしゃ》な建物には貴重な建材がこれでもかとふんだんに使われている。いったい、今宵《こよい》のパーティーのために総額でいくらかかっているのか、考えただけでも目が回りそうだ。

パーティーの参加者は品のいい装いに身を包んだ紳士淑女の皆様で、上品さの裏側に苛烈さを隠したやり取りで、常に話し相手との格の比べ合いが行われていた。

まさしく、天上人の世界――一口に上流階級といっても、その上流階級の中でさらに一握りの人間しか立ち入ることの許されない、別世界の流儀が働く空間だ。

正直、自分には一生涯縁《えん》のない世界だと思っていたが――、

「なんでまた、こんな形で関わることになったんですかねえ……」

誰にも聞かれない呟《つぶや》きが、会場の隅っこでそっとこぼれる。

右も左も天上人の行き交う空間だ。小市民的精神性の持ち主にとっては、何故《なぜ》、自分が

こんなところにいるのかと、そう頭を抱えたくもなる。

「思い返せば思い返すほど、どうして僕はこの方法を選んだのか……」

そんな、パーティーにくる前から延々と悩んでいる『過ぎた問題』に思いを馳《は》せながら、そっと視線を正面、会場の人だかりへ向けた。

人の大勢いる会場だが、そんな中にも特に人目を引く空間がいくつかある。その中で最初に目についたのが、道化姿の人物を中心とした人だかりだ。

資産家など富裕層の参加するパーティーだけに、招待客の衣装も様々な遊びがある。それらと比べても、その人物の奇矯な格好は群を抜いていた。もっとも、その人物が目立つのは外見的要因だけでなく、立場的な問題もある。

なにせ、彼《か》の人物はこの会場の中にあっても、飛び抜けて高い地位にあるのだ。

故《ゆえ》に、現在のルグニカ王国の権勢を揺るがす大一番の最中、彼の果たす役割を知った人々が少しでも覚えを良くしようと努力するのは当然のことだった。

そんな人々と当たり障りのない会話をしながら、こちらの視線に道化姿の人物が気付く。彼は左右色違いの瞳の片方を閉じ、ウィンクを送ってきた。

「人の気も知らず……いえ、あれは知っててやってる顔ですね」

悲しいかな、そのぐらいには相手の腹の底が見えるようになっていて諦めの境地。肩を落として隣を見れば、また別の人だかりに見知った顔があり、頬《ほお》が引きつる。

「おほほ、嫌ですわ、グウェイン様ったらお上手なんですから」

そう言って、口元に手を当てて微笑《ほほえ》んでいるのは目力の特徴的な女性だ。珍しい黒髪と漆黒のドレスを合わせ、立ち居振る舞いに気品の滲《にじ》み出た人物である。

話し上手の聞き上手なのか、複数の男性に囲まれながらも笑い合い、何とも和やかな空間を作り出し、社交界を見事に泳ぎ切っている様子だ。

その多芸さに感心していいのか、呆《あき》れた方がいいのか判断がつかない。

そこから少し離れたところでは、鋭い顔つきの金髪の女性が声をかけてくる男たちを無言で袖にしていて、関係者の明暗の落差が激しい。

そして、そんな光景を眺めている、傍観者気分のこちらへも――、

「お嬢さん、パーティーは退屈ですかな？」

ふと、壁際に佇《たたず》んでいる自分にも男性客から声がかけられた。

お金持ちは余裕があるので、態度の端々に下心のない気遣いが感じられる。こういうところは上流階級の強みだな、と内心で判定しながら、表情は微笑を象《かたど》った。

「いえ、少しだけ人の多さに酔ってしまって。普段はあまり、こうした場に参加させていただくことはないものですから……」

「なるほど。確かに、お美しいのに初めてお会いする顔だと思いました。よろしければ、お名前をお聞かせいただいても？」

お美しい、の一言に苦笑しかけて、何とかそれを寸前で堪《こら》えた。そして、その苦笑の衝動を微笑を深めることへ全振りして、スカートを摘《つま》んで一礼する。

それから、名乗った。

「──オードリー・スフレと、申します」

誰がオードリー・スフレかと、オットー・スーウェンは内心でそんな風にぼやく。

髪を飾り、ドレスを纏《まと》って、薄化粧を施した状態で。

2

──時は、冒頭のパーティー会場の場面から三十六時間ほど遡る。


「これは、間違いなく風邪ですわね」

赤い顔で自室の寝台に横たわっているラムの容態を確かめて、金髪のメイド──フレデリカはゆるゆると首を横に振り、非情な診断を下した。

それを受け、「そう」と寝台のラムは短く答えると、

「誤診ね。ラムは何ともないわ。フレデリカの言うことなんて当てにならないもの」

「この子ったらなんてこと言いますの。意地を張るのはおやめなさいな。これで人前で倒れでもしたら、一番の迷惑を被るのは誰だと思っていますの？」

「くっ、卑怯者《ひきょうもの》……っ」

体を起こし、寝台から降りようとしたラムの額をフレデリカが押さえる。彼女の指摘に

ラムは頬《ほお》を硬くし、悔しげな表情で顔を伏せた。

「卑怯《ひきょう》でも何でも仰《おっしゃ》いなさいな。とにかく、ラムは数日安静ですわ。ただでさえ、貴女《あなた》は体調を崩すと長引くんですから、自愛なさい」

「だけど、ラムが寝ていたら……」

「――。旦那様にはわたくしからお伝えしておきますわ。代案も、考えなくてはなりませんもの」

そう言って、フレデリカは赤い顔で睨《にら》んでくるラムの額を押し、無理やり枕に追いやって休息を言い渡した。

この強情な後輩は、こうでもしないとおちおち安静にもしてくれない。

だからあとは――、

「何とかうまくやっておきますから、貴女は大人しく休んでいてくださいまし」

と、力強く請け負って、安心させてやるのが一番だった。


「そういうわけで、ラムは数日安静にしていなくてはなりませんわ。皆様にうつってしまってもいけないので、あの子の部屋にいくのはなるべく避けてください」

そう、食事の席でフレデリカからラムの体調についてのお達しがあった。

ロズワール邸の食堂、一堂に会した食事の席で、エミリア陣営の面々はその報告に思い思いの反応をする。スバルなどは腕を組み、首をひねった。

「ラムが体調不良か。まさに鬼の霍乱《かくらん》ってヤツだな」

「もう、スバルったらまたへんてこなこと言って……それで、ラムは大丈夫なの？　ホントにただの風邪？」

「ええ、ご心配なさらなくて大丈夫ですわ。ただ、エミリア様も大事な時期、ラムも自分の風邪をうつしたくないと……たぶん、考えていると思いますわ」

「そこに確信が持てないところが姉様って感じ」

歯切れの悪いフレデリカにスバルは苦笑する。

「風邪はうつせば治るというわよね」ぐらい言いそうなのがラムなので、フレデリカが明言できなかったのも頷《うなず》けるというものだ。

ともあれ、ラムの体調不良は心配だが、経過を見て回復を待つしかなさそうだった。スバルも異世界の風邪に免疫はないだろうし、うっかり重症化しかねない。

「実際、こっちで風邪とかもらったら俺ってどうなるんだ……？　ねえ、エミリアたん。風邪の思い出ってある？　やっぱり辛《つら》いの？」

「え？　私？　ごめんね。私、風邪って引いたことないからわからなくて……」

「あ、そうなの？　風邪引いたことないんだ。珍しいね」

隣に座っているエミリアが、スバルの質問に困り眉で答える。それから、彼女はぐっと力こぶを作ると、可愛《かわい》らしく凄《すご》んでみせて、

「パックの言いつけを守って、よく食べて、あったかくして寝てたおかげかしら？　私、

「美容健康といい、わりとパックのアドバイスは的を射《い》てるんだよな……」

　すくすく育ったエミリアの美貌には、彼女の生来の素養はもちろんのこと、パックの後天的な助言の効果が少なからずあるだろう。

　美しさとは、所作の端々にも表れるものだ。その点も、エミリアは満点だった。

「とはいえ、こっちの世界の風邪っぴきの参考にはならなかったな。ベア子、お前は風邪引いたりしたことって……なさそう」

「当然かしら。ベティーをそんじょそこらのニンゲンと一緒にされたら困るのよ。風邪なんて、そんなよくわからないモノの影響を受けるほどやわじゃないかしら」

「うーん、役に立たない意見を胸張って言うところが可愛《かわい》い」

　胸を張って回答したベアトリスの頭を優しく撫《な》で、スバルは代わりに同席者、ガーフィールとオットーの二人に期待の目を向け、やめた。

「お前らも、なんか風邪と縁遠《えんどお》そうな雰囲気がすごいな」

「それが何を見て出てきた意見なのか気になるんですが……実際、僕も風邪を引いたことってないので反論できないんですよねえ」

「俺様ッもねェなァ。姉貴、ラムの奴《やつ》ァ治癒魔法じゃ治んねェのかよォ」

　案の定な二人の回答だが、ガーフィールの問《と》いかけにフレデリカは首を横に振った。

「ガーフの気持ちはわかります。ただ、残念ですけれど、あの子の場合は体質的な問題もありますので、治癒魔法の類《たぐい》では治せないのですわ」

「……ちッ、そッかよォ。わァった」

ラムに想《おも》いを寄せるガーフィールだ。想い人が辛《つら》い目に遭っていると聞いて気が気でない様子だが、姉の意見を頑として撥《は》ね除《の》けるほど強情でもない。

ケガの治療と病気の快癒は別問題、治癒魔法も万能とは言えないらしかった。

「はいっ！　スバル様、わたし、風邪引いたことあります！」

「おお！　さすが、ペトラ！　俺の期待に応えてくれるのはお前だけだよ！　いや、エミリアたんたちも期待通りってか予想通りだったんだけど」

「えへへ、任せてください。えっとね、すごい頭がボーッとして辛かったですっ！」

「だよね！」

勇んで挙手したペトラの体験談に、スバルは自分の風邪の記憶との一致を確認。

熱に浮かされて苦しむ夜、母が砂糖と塩を入れ間違えたお粥《かゆ》を置いていったことと、それを盗み食いした父が悶絶《もんぜつ》した記憶が蘇《よみがえ》る。碌《ろく》な思い出じゃなかった。

と、そんな話をしていると――、

「スバルくん、わーぁたしには聞いてくれないのかな？」

食卓の一番奥に腰掛けるロズワールが、ひらひらと手を振ってそんなことを言った。その構ってちゃんな態度に、頭を掻《か》くスバルは「いや」と前置きして、

「別に聞いてもいいけど、どうせロズワールも風邪なんか引いたことないんだろ？」

「おっと、心外だねーぇ。これでも、私は幼い頃はそれはそれは病弱な少年でね。風邪とは別だけど、なかなか辛《つら》い目に遭って過ごしたわーぁけだよ」

「へぇ、ふーん」

「おや、興味がなさそう」

「どこまで信じていいのかわかんないのと、ペトラのエピソードの方が臨場感と可愛《かわい》さがあったからペトラの勝ち。ペトラが優勝」

「やった！　わたし、優勝っ」

喜ぶペトラが駆け寄ってきて、スバルは彼女とハイタッチ。そのまま、ペトラを抱えてくるくると回り、「わーっ」と楽しませてから床へ下《お》ろした。その後、ベアトリスが不満げだったので、同じようにベアトリスも抱えてくるくると回ってやる。

「ふふっ、スバルったらすっかり二人と仲良しさんね。私もやってみたいな」

「エミリアたんを？　まぁ、エミリアたんは天使の羽根みたいに軽いから大丈夫だけど、わりと意外な意見……」

「ペトラちゃんとベアトリス、すごーく抱き心地が良さそうだもの」

「あ、抱えて回る方？　じゃあ、はい、どうぞ」

「ベティーをモノみたいに受け渡すんじゃないかしら！」

抱えていたベアトリスを渡すと、受け渡されたベアトリスから抗議される。が、エミリアは嬉《うれ》しそうにベアトリスを抱いて、その場でくるくると回り始めた。

それはそれは微笑《ほほえ》ましい光景だが——、

「エミリア様の楽しみに水を差すようでなんなんですが、確か明日の夜、ラムさんは辺境《へんきょう》伯《はく》の付き添いで出かける予定があったはずでは？」

「ありがとうございます、オットー様。そう、それが問題なんですの」

挙手したオットーの言葉に、フレデリカがここからが本題と表情を引き締める。

その問題は、まさしく今、オットーが指摘した通りの内容で。

「明日の夜、ラムは旦那様に付き添い、グウェイン・メレテー様が主催されるパーティーへ出発する予定でした。ですが、ラムは風邪を引いてしまいましたので……」

「ロズっちが一人で寂しくパーティーに参加する？」

「ラムのことを思えば、そーぉれも仕方ない話なんだけどね。生憎《あいにく》と、グウェイン殿のパーティーには参加資格があって、女性の同伴者が必要不可欠なんだーぁよ」

「なんだその条件……」

そんな馬鹿な話があるのか、とスバルがフレデリカの方を見やる。と、フレデリカは真面目な顔で頷《うなず》いて、長く深い嘆息《たんそく》をこぼした。

「冗談みたいなお話ですけれど、事実ですわ。グウェイン様は王国の西側……つまり、旦那様のメイザース領を中心とした商工会の代表です。大変有能な方でいらっしゃるのですが、少々、難しいところがありまして……」

「偉い人なんだろ？　難しいところって？」

「旦那様と、気の合うご友人でいらっしゃるんですの」

「うわぁ」

その一言で、すぐにまだ見ぬグウェインなる人物の厄介さが理解できた。

それで食堂の全員が、フレデリカの抱えた不安を共有する。

「で、そのロズワールの友達のパーティーが女性の同伴者必須？　理由とかなくても全然納得だけど、理由とかあんの？」

「まーぁ、グウェイン殿としてはパーティーを盛り上げたい以上のことはないんじゃーぁないかな。実際、非常に盛況でね。有力者が自分の娘を同伴者として選んで、有望な若者と引き合わせようなんて場としても利用されているんだ」

「なるほど、社交界って感じだな……」

いわゆる、上流階級の社交場たるパーティーは、貴族の子女の出会いの場として活用されることが多い、という先入観がスバルにはあった。

実際、今の話を聞くと、当たらずとも遠からずといった印象のようだ。

「で、ラムがいけなくなったからどうしようって話？　他の当てはいねぇの？」

「ラムがダメってんなら、姉貴ッじゃダメなのかよォ。あァ、姉貴だとでかくて面が怖ェから連れ歩く方が評判が……痛《いて》ェッ！」

「ガーフさん、今のは怒りました」

ガーフィールの発言が、フレデリカ本人ではなく、フレデリカシンパのペトラの逆鱗に触れた。耳を引っ張られ、ガーフィールが痛みで鼻面に皺《しわ》を寄せる。

「ペトラのおかげでガーフには何も言いませんけれど、わたくしが旦那様に同伴するのは難しいですわね。ラムの看病のことも考えると、お屋敷の仕事が回りません」

「う～」

屋敷をペトラに任せ、数日空けるには不安が残るとのフレデリカの意見。それを聞いたペトラは、自分の力不足が悔しい様子で頬《ほお》を膨らませている。

「あ、じゃあ、みんなが難しいみたいだし、私が一緒にいく？」

「いや、エミリアたん、それはちょっと……」

代案として、ベアトリスを膝の上に乗せたエミリアが自薦した。が、それは問題があるだろうと、スバルの方でストップをかけた。

何も、エミリアを社交界に出すのに不安があるという話ではない。不安がないわけではないが、今回のストップはそれとは別の話だ。

「僕もナツキさんと同意見ですよ。ここでエミリア様が辺境伯《へんきょうはく》とご一緒すると、パーティーの参加者たちがそれどころじゃなくなりますから……」

「それって、私がハーフエルフだから？」

「ではなく、エミリア様が王選候補者だからです」

エミリアの不安は的外れで、一番の問題は彼女の置かれた立場にある。

ルグニカ王国の、次代の王座を競い合う王選――その候補者の一人であるエミリアは、この国で最もやんごとない立場の一人であるのだ。

それが予告なしにパーティーに参加などすれば、参加者の混乱は想像を絶する。

「主催者の方も主役を奪われていい気分はしないでしょう。商工会の勢力圏からして、グウェインさんとは良好な関係を維持したいはず。違いますか？」

「違わない違わない。さすが、オットーくんはよく目端が利くね。感心するよ」

「図らずも、って感じですが……ともかく、そんなわけでエミリア様が辺境伯《へんきょうはく》とご一緒するのは避けた方が賢明じゃないかと僕は思います」

「うーん、わかりました。オットー先生、ありがと」

丁寧な説明に大人しく引き下がり、エミリアは「でも」と言葉を続けて、

「それなら、誰がロズワールと一緒にいくの？　私も、フレデリカもダメなら……」

「わたし、絶対に嫌です」

「早い」

可愛《かわい》い笑顔で、ペトラが即座に自分という選択肢を消去した。

その絶対的な拒絶の意思に、説得しようという気概さえ湧いてこない。

「さて、ペトラがダメとなると、最後の選択肢は……」

候補者を女性に限定するとなると、ラムが欠け、フレデリカが欠け、エミリアが欠けてペトラが欠けると、いよいよあと一人しか候補がいない。

無論、眠り続けるレムが候補に挙がってくることはないため——、

「——ベアトリス」

「う……」

エミリアの膝の上、彼女の柔らかい体に体重を預けるベアトリスが呻《うめ》く。彼女の名前を呼んだのはロズワール、その左右色違いの視線が真《ま》っ直《す》ぐ少女を見つめていた。

この二人の関係は、『聖域』の一件を乗り越えたあとも複雑極まっている。

そもそも、陣営の中のロズワールの立ち位置がかなり際どい状況だが、そうした関係性とはまた別枠で、この二人の関係は複雑に拗《こじ》れているのだ。

もちろん、ベアトリスはロズワールに怒っている。怒って当然のことをされたのだ。それでも、ベアトリスは優しいから。

ロズワールが本気で縋《すが》ってきたのなら、無下にその手を払いのけられない。

故《ゆえ》に——、

「わ、わかったのよ。嫌々の嫌々だけど、お前がちゃんとお願いするなら聞いてやらないこともないかしら。ベティーが、お前と一緒にパーティーに……」

「いーぃや、気持ちは嬉《うれ》しいんだーぁけどね。さすがに君では同伴者としては幼すぎる。周りに関係性をなんて説明するかもややこしいしねーぇ」

「くたばるがいいのよ！」

慈悲を見せた途端に掌《てのひら》を返され、ベアトリスがナフキンをロズワールへ投げる。それを悠々と回避して、「さて」とロズワールはテーブルの上で手を組んだ。

「そんなわけで、非常に困った事態となってしまったねーぇ。オットーくんも言ってくれたが、グウェイン殿とは今後の王選のことも考えると良好な関係を続けたい。なので、パーティーに欠席するのは避けたいところなんだーぁね」

「事情を話して、同伴者なしってのは……」

「辺境伯《へんきょうはく》の足下を軽く見られる。悪手と言わざるを得ないねーぇ」

ゆるゆると首を振って、ロズワールがスバルの意見を却下する。

正直、ロズワールの言い分をどこまで信じていいのか疑問だが、王選を勝ち抜かなくてはならないという一点、それについてはロズワールは共犯関係だ。

ならば、今回のことも相応に真面目に取り組む必要がある。

「代案、代案ね……」

エミリアたち、陣営の女性たちの同伴は難しい。

ベアトリスがダメなら、同じ理由でペトラを説得しても参加は厳しいだろう。そうなると、自陣営以外から同伴者を募るのがベストだろうが、そんな都合のいい関係者が手近にいるだろうか。

「アンネローゼ、ってわけにもいかねぇよな」

「というか、あの子はあの子でパーティーに呼ばれている可能性が高いからね。エミリア様のためと言えば、喜んで協力してくれそうではあるけども」

ロズワールの遠縁《とおえん》に当たる幼女は絶大なエミリアシンパなので、単純な協力要請ならすぐに手を貸してくれるだろう。が、肝心の彼女自身が招待客では意味がない。

そうなると、ここはやはり――、

「――最後の手段に頼るしかない、な」

「――？」

そのスバルの覚悟を決めた一言に、エミリアが不思議そうな顔で首を傾《かし》げた。

この可愛《かわい》い顔の少女のためだ。――一肌脱ごうと、スバルの決意は固かった。

3

――翌日、ロズワールがパーティーへ出発する時刻。

屋敷の前には竜車がつけられ、すでに出立の準備が整えられている。とはいえ、同伴者不在の問題は解決しておらず、エミリアは不安に顔を曇らせていた。

「スバルは、俺に任せておけって言ってくれてたけど……」

パーティーへの参加は、エミリアの王選のために突破しなければならない関門なのだ。

その大事で、またしても力になれない自分の不甲斐《ふがい》なさがエミリアは歯痒《はがゆ》い。

そんなエミリアのために、スバルがいつものように胸を叩《たた》いてくれたのは嬉《うれ》しいが。

「心配はいらないのよ、エミリア。スバルがやるって言ったことかしら」

「ベアトリス……」

「スバルが任せろって言ったなら、きっと何か考えがあるに違いないのよ。ベティーたちはスバルが助けてって言うまで、どんと構えて待っていたらいいかしら」

エミリアの隣で、すまし顔のベアトリスがそんな風に励《はげ》ましてくれる。その優しい気遣いがエミリアは嬉《うれ》しい。ベアトリスは、本当に変わった。

そしてそれは、他ならぬスバルがもたらしてくれた変化なのだから。

「ん、そうよね。スバルのこと、信じる。……ううん、信じてる」

「それで正解なのよ」

自慢げに頷《うなず》くベアトリスが微笑《ほほえ》ましく、エミリアは少女の頭を柔らかく撫《な》でた。その手をベアトリスは撥《は》ね除《の》けず、ため息をつきつつ受け入れてくれる。

「ご安心くださいまし、エミリア様。一応、わたくしとペトラの方でも次善策を」

そのエミリアとベアトリスのやり取りに、同じくロズワールの見送りに立つフレデリカが口を挟んだ。彼女の隣ではペトラも「はいっ」と拳を固めていて、

「フレデリカ姉様と、わたしの自信作です。これが旦那様のためだったら嫌でしたけど、エミリア姉様のためなので頑張りました」

「ホント？　なんだかわからないけど、ありがと、ペトラちゃん」

「えへへ」

可愛《かわい》らしく頰《ほお》を染めるペトラ、彼女の奮闘の報告にエミリアは微笑んだ。しかし、その隣でフレデリカが「ですが」と言葉を続け、

「一点だけ、不安なことがありまして。……どうも、ラムも何か画策していたようで、病床ですのに何を目論《もくろ》んでいるのやら」

「オットーさんを呼んでたみたいですけど、なんだったんでしょうね？」

フレデリカの言葉に、ペトラが唇に指を当てて首を傾《かし》げる。

安静にしていなくてはならないラムが、陣営一の働き者であるオットーを呼び出したのは確かに疑問だ。風邪がうつったらとても大変なのに。

「でも、ロズワール遅いわね。スバルたちも、姿が見えないし……」

「──大変、お待たせして申し訳ありませんわ」

「え？」

出発の時間が迫り、ロズワールの姿が見えないことを不安がるエミリア。そんな彼女の鼓膜を、ふと紡がれた聞き慣れない声が淡《あわ》く揺すぶる。

「──ぁ」

振り返り、エミリアはその紫紺の瞳を見開いた。彼女の丸い瞳に映ったのは、ロズワール邸の正門から姿を見せた、黒いドレスの女性だ。

艶《つや》めく長い黒髪と大きなリボン、漆黒のドレスを身に纏《まと》った女性、その姿にエミリアは見覚えがあった。彼女とは以前、一度会ったことがある。

「……確か、ナツミ・シュバルツさん、よね？」

「ええ、ご無沙汰しております、エミリア様。覚えていただけていて光栄ですわ」

そう言って、女性——ナツミ・シュバルツはエミリアの前に立つと、優麗な仕草でスカートを摘《つま》み、そっと完璧なカーテシーをしてみせた。その仕草に遅れて、エミリアも彼女にたどたどしい一礼を返す。

微笑《ほほえ》むナツミ、彼女は以前、燃える前のロズワール邸に伝説の料理人が招かれた際、エミリアと同じ食卓を囲んだ不思議な雰囲気の女性だった。

綺麗《きれい》で上品だが、奇妙な親しみが湧く女性。

まるで身近な人物みたいに好感の持てる人だったが、生憎《あいにく》、食事を終えるとすぐに屋敷を去ってしまい、あまり長く話すことはできなくて残念に思っていた。

「でも、そのナツミがどうしてここにいるの？」

「実は、ナツキ・スバル様にお願いされたんですのよ。——今夜の、辺境伯《へんきょうはく》が出席されるパーティーに同伴してもらえないかと」

「あ……」

そのナツミの説明を受け、エミリアは彼女がスバルの腹案だったのだと理解する。どういう繋《つな》がりかは不明だが、スバルとナツミとは頼み事ができる間柄だったらしい。

それで、今夜のことをナツミが引き受けてくれたのだと。

「あれ？　だけど、スバルはどこにいったの？」

「ナツキ様でしたら、わたくしが今夜のパーティーへ出席するのと引き換えに、わたくしの実家のお手伝いを。ほんの一日だけ、明日には帰っていらっしゃいますわ」

「……ホント、スバルったらカッコつけちゃうんだから」

エミリアに何も言わず、自分で何でも準備してしまうところが実にスバルらしい。その手回しの良さに頬《ほお》を緩めつつ、エミリアはナツミに頭を下げた。

「きてくれてありがとう。今夜のこと、よろしくお願いね」

「ええ、大船に乗ったつもりでお任せになって。完璧にやり遂げてみせますわ」

と、ナツミは自分の胸をどんと叩《たた》いて、それだけずいぶんと男らしく答えてくれた。

これで一安心、とエミリアは安堵《あんど》し、傍《かたわ》らのベアトリスたちに振り返って、

「――？　ベアトリス、どうしたの？」

「……何でもないかしら。ただ、信じたベティーが馬鹿だったのよ」

「おほほほ、可愛《かわい》らしい子ですわね」

渋い顔をしたベアトリスに、ナツミが口元に手を当てて微笑《ほほえ》む。それを見て、ベアトリスの表情はますます渋くなったが、エミリアにはその意味がよくわからない。

よくわからないと言えば、ベアトリス以上に複雑な様子なのが、

「フレデリカ、ペトラちゃん、二人もどうしたの？　何かあった？」

「あ、いえ、実は、ええと、その……」

口ごもり、フレデリカの視線が大きく泳いだ。もごもごと要領を得ないフレデリカの返事に、エミリアが首を傾《かし》げる。

「実は！　フレデリカ姉様も、お友達にきてくださいってお願いしててっ！」

そこで、フレデリカに代わって声を上げたのはペトラだった。彼女はあたふたと手を振り回しながら、早口にエミリアの疑問に答える。

「お屋敷で、そのお友達のお着替えとか手伝ってたんです！　だから、旦那様の同伴者はこれで大丈夫だーって思ってて……」

「あ、そうだったの？　でも、それじゃどうしよう。ナツミもいてくれてるのに……」

これでは同伴者がいない問題ではなく、同伴者が多い問題が発生してしまう。

少ないより、多い分にはいいのだろうか。イマイチ、社交界知識の浅いエミリアには判断のつかない難題だが――、

「――お待たせしましたねーぇ。準備が整いましたよ」

「ロズワール！　大変なの、実は……」

当事者であるロズワールの声がして、エミリアは慌《あわ》ててそちらへ振り返る。同伴者多すぎる問題に対して、エミリアは彼に意見を求めようとして――、

「――――」

そのロズワールが、左右にそれぞれ異なる女性を連れている姿を目撃した。

片方は長い金髪に、翡翠《ひすい》色をした瞳が特徴的な小柄な女性だ。全体的に、体を包み込むようなゆったりとしたドレスを着て、背筋を真《ま》っ直《す》ぐ伸ばして歩いている。

雰囲気はどこかフレデリカに似て、身長を除けば顔立ちも似ているかもしれない。おそらく、こちらの女性がフレデリカの友人だろう。

そうなると、その隣の女性は何者なのだろう。

「うう……」

線が細く、波打つ灰色の髪を美しい装飾で彩った女性だ。中性的な顔立ちだが、薄く施された化粧が整った美貌をさらに引き立てている。白く細い肩を露出したドレス姿がよく似合っていて、俯《うつむ》きがちに歩く姿だけがもったいない。

「ええと、ロズワール、その二人は……」

「エミリア様、ご紹介します。こちら、ガーネット嬢とオードリー嬢です。ちょうど、屋敷の玄関ホールでお会いしまして。どうやらフレデリカたちと、ラムが私のために気を利かせてくれたようでしてねーぇ」

「フレデリカたちは聞いてたけど、ラムもなの？」

その説明からすると、灰色の髪の女性――オードリーと、ロズワールから紹介があった彼女が、ラムが同伴者として代理を頼んだ女性なのだろう。

結局、陣営のみんながそれぞれ気を回した結果、同伴者が三人も現れてしまった。

「……おや、そこにいらっしゃるのは」

「――。お久しぶりですわね、メイザース辺境伯《へんきょうはく》。ナツミ・シュバルツですわ」

エミリアたちと並んで、同伴者に立候補してくれていたナツミにロズワールが気付く。

「そうなの」と、エミリアはそのナツミの肩に触れて、

「スバルがお願いしてくれて、ナツミがきてくれたのよ。でも……」

「いえ、なるほど、そうですか。よくぞいらしてくださいました、ナツミ嬢。でしたら、少々変則的ではありますが……」

そこで、ロズワールは微笑を深め、片目をつむってナツミを青い瞳に映した。それからエミリアたちの前で、同伴者候補の女性たちを手で示すと、

「今回のパーティー、お三方を同伴して出席させていただこうかと」

そう、なかなか大胆な選択肢を選ぶことで、状況を見事に進展させたのだった。

4

と、そんなロズワールの強引な提案によって、ナツミたち三人を同伴者として、ロズワールは一路、竜車を走らせてパーティー会場へと出発した。

そうして、遠ざかっていく竜車の後ろ姿を見送りながら――、

「……フレデリカ姉様、あの、大丈夫なんでしょうか？」

「そう、ですわね。……見た目は完璧に仕上げましたけれど、中身が中身ですものね」

不安げに漏らしたペトラに、フレデリカも自分の口元を隠して考え込む。

妙案、とは言い難い、かなり苦しい策を講じたつもりだったが、よもや似たような考えに走るものが他に二者もいたとは想定外だった。

これが吉と出るか凶と出るか、正直、未知数の要素が大きすぎる。

「でも、きっと大丈夫ですわ。ほら、オットー様がいらっしゃいますから」

「そうですね。オットーさんがいるから」

その不安な気持ちを、フレデリカとペトラは一人の青年への期待で押しやった。そんな二人の話に耳を傾けていたベアトリスは、額に手をやって嘆息《たんそく》する。

ベアトリスも、一部始終をわかっている一人として、

「まったく、ホントに馬鹿な結論かしら。スバルだけじゃなくて、オットーくんとガーフィールも見当たらないんだけど、二人はどこにいったのかしら？」

「ねえ、ベアトリス。ベティーのパートナーの自覚が足りないのよ」

「――――」

首を傾《かし》げ、唯一、完全に騙《だま》され切っているエミリアの前でベアトリスは途方に暮れる。スバルの気持ちを思えば、パートナーとしてどう対応すべきか。

ひとまず、真実は教えられないだろうと、ベアトリスはまた深々とため息をついた。


「ふえっくしょん！」

「おわっ！　汚ぇな！　ちゃんと口に手ぇ当ててくしゃみしろよ！」

走る竜車の中、いきなりくしゃみをしたオードリーに対して、ナツミが直前までの淑女然とした雰囲気を消して声を荒げる。

その声を聞いて、「やっぱ大将か」と沈黙を破ってガーネットが口を開いた。

「すげェな、大将。女にしか見えッねェよ。匂いが大将なのに、大将だって確信が持てねェぐれェだ。どうなってやがんだ？」

「昔取った杵柄《きねづか》と、努力と研鑽《けんさん》が物を言ったって感じだな。——どうですの？　わたくしの声、ちゃんと女性に聞こえますでしょ？」

「すげエッ！」

軽く咳払《せきばら》いして、声の調子が変わるナツミにガーネットが膝を打った。座席に座って足を開くガーネット、その淑女あるまじき姿勢にナツミは眉を顰《ひそ》める。

「身内の目しかないとはいえ、見苦しいですわよ、ガーネット。そんな調子でお役目が果たせますの？　フレデリカたちに叱られても知りませんわよ」

「うぐ……わ、わァってらァ。俺様だって、引き受けた役目ッなんだからよォ」

鋭い指摘に足を閉じて、軽く体を斜めに傾けたガーネットが微笑《ほほえ》む。微妙に頬《ほお》が引きつっているが、フレデリカ——否《いな》、ペトラの化粧の賜物か。彼女の精緻な手腕によって、ガーネットは姉によく似た美貌の片鱗《へんりん》を獲得していた。

黙って微笑んでいれば、体格が隠れていることもあって性別は見破れまい。

そして——、

「それで、あなたはいつまでだんまりを決め込んでいるつもりですの？　そろそろ、しっかり覚悟を決めた方がよろしいんではなくて？」

「僕からしたら、なんでそんなに覚悟極まってるのかの方が不思議ですけどねえ!?」

「おほほほほ」

口元に手を当て、高笑いするナツミにオードリーが顔を赤くして怒鳴った。しかし、すぐにオードリーは自分を恥じるように「あー！」と顔を手で覆い、

「なんでこんなことに！　大体、僕以外に二人もいるんだったら、こんな非常手段を取る必要なかったのに！　騙《だま》された！」

「騙されたなんて人聞きの悪い。誰も騙してなんていませんわよ。ただ、報連相の徹底がなってなかったせいで、全員の思いやりが暴走しただけですわ」

「そォそォ」

この世の終わりみたいに絶望的な嘆《なげ》き方をするオードリー、その肩を優しく叩《たた》いてやりながら、ナツミは「あら」と目を丸くして、

「思った以上に素の状態ですわね、あなた。素材の味が活《い》かされてますわ」

「その評価、全然嬉《うれ》しくないんですけど!?」

「ラムの手際ッてこったろォよ。オットー兄《あに》ィも、よく引き受けたもんだよなァ」

「ナツキさんとガーフィールの二人に言われたくありませんよ！」

そうしてガーネット――否《いな》、ガーフィールにオードリー改めオットーが噛《か》みつく。

説明するまでもないことだが、金髪の女性に扮《ふん》していたのがガーフィールで、灰色髪の女性の格好をしていたのがオットーだ。

そして、最後のナツミ・シュバルツこそが――、

「ご存知《ぞんじ》、ナツキ・スバルの仮の姿ってわけですわね」

「あの、なんでそんなにノリノリで完璧なんですか？　声まで変わってますよね？」

「実は前、声が変えられなかったのが原因で失敗したことがあってな。それ以来、リベンジの機会に備えて練習してたんだよ」

なお、ナツミ――スバルの本格的な女装は大枠でこれが三回目だが、どちらも声色はその場しのぎで誤魔化《ごまか》そうとして失敗した。一回目は無様に、二回目はパックを首元に仕込んで代わりに喋《しゃべ》ってもらったのだが、結果はお察しだ。

「やっぱり、自分の……おほん。自分の技能として身につけた方が信用できますわ」

「身につけようとして身につくもんですか、女性の声帯模写って……」

そう言われても、練習したらできたんだから仕方ない。

ちなみに、オットーは地声がそこそこ高いので、ちょっと意識しただけで十分、中性的な声色として処理されるはずだ。

「でも、ガーフィールは厳しいな。向こうについたら喋らない方がいいぞ」

「おォ、姉貴たちにも言われッてらァ。無言で通せってのと、笑ってろってのと、お辞儀をするのだっつってよォ」

「まぁ、それが徹底できてりゃ大丈夫か。それにしても……」

ガーフィールに所作の徹底を申し付け、それからスバルは言葉を切った。竜車の車内、あまりにも変わり果てた二人の仲間を交互に見やり、

「意外と女装いけるな。スパイ大作戦みたい」

「意外といけたくなかったんですよ！　どうして、二人は女装を？」

「俺様ァ、姉貴とペトラに説得されてよォ。正直、勘弁してッほしかったんだが……」

「だが？」

「ラムの代わりだろ？　やってやったら喜ぶって、そォ言われてよォ」

鼻の下を指でこすって照れ臭げなガーフィール、そんな変わり果てた弟分の態度にスバルとオットーは顔を見合わせた。不憫《ふびん》だ。完全に恋心を利用されている。

フレデリカたちも、なりふり構わない手段に出たものだ。

「で、ガーフィールはいいとして、オットー、お前は？　女装が似合ってるのは別としても、自分からやりたがったわけじゃないだろ？　なんでラムに説得された？」

「それはその……珍しく、ラムさんにしおらしく頼み事をされたから、ですよ。今回のことを逃すと、王選にも大きな影響がありますし、仕方なく苦渋の選択を……」

「……うーん。それだけ？　それだけだと、いくら何でも説得力が足りなくないか？」

「そ、そうですか？」

無論、ラムがしおらしく頼み事なんて珍しい状況に遭遇した場合、スバルも普段の平静さを保てるかはわからない。とはいえ、それが理由で判断力を失ったにしても、それでわざわざ女装まで了承するのはいささか不自然だ。

「はっ！　まさか、オットー、お前……」

「な、なんです？」

「実はこっそり、女装願望があったのか？　だから、この機会に乗じて……？」

「とんでもない真実に気付いたみたいな顔して言うことですかねえ!?」

愕然《がくぜん》とした顔をしたスバルに、オットーが唾を飛ばして喚《わめ》いた。それから、彼は息を荒くしながら、

「ナツキさんのとんでも予想は大外れですよ！　本当に、僕はラムさんの頼みを聞いただけです。陣営のためだと思って一肌脱いだらこれですよ、なんて扱いだ！」

「わ、悪かった悪かった、落ち着けって。ほら、可愛《かわい》い顔が台無しだよ……」

「うるせえ！」

からかいすぎると、これ以上は殴り合いになりかねないのでスバルは自重する。

ともかく、オットーとガーフィールの事情は呑《の》み込《こ》めた。結局、当初の想定通り、全員が思惑を語らなかったせいで発生した悲劇である。

「それで、お前は満足してるのかよ。ずーっとニヤニヤしやがって」

「おやおや、ここで私に振るのかーぁな？」

と、そこまできてようやく、スバルは竜車に同乗する最後の一人――パーティーのエスコート役である、ロズワールに水を向けた。

もちろん、彼は最初からスバルたちと同じ竜車の車内にいた。そして、女装三人組の話し合いが一段落するまで、それを薄笑いで見守っていたのだ。

「趣味の悪い奴《やつ》だな。俺たちの奮闘がそんなにおかしいのかよ」

「おかしい、より嬉《うれ》しいの方が正確かーぁな？　なにせ、この状況で私と同伴する役割に対して、君たちがそこまで真剣に取り組んでくれたのだからねーぇ。その心意気に応えられないようでは、私の君たちへの想《おも》いが……ぷふはっ」

「話の途中で笑ってんじゃねぇよ!!」

ただでさえ白々しい文言が、言葉の最中で笑い出したら説得力も何もない。ついにはロズワールは笑いを堪《こら》えることを放棄し、肩を震わせて大笑いし始めた。

「す、スバルくんの女装がもう一度見られただけでも驚きだっていうのに、まさか、オットーくんやガーフィールまで……ふはっ！　あははははは！」

「そんな笑うことある!?　お前がこんなちゃんと笑ってるとこ初めて見たけど!?」

ロズワールの爆笑なんてレアな光景だが、それを引っ張り出したのが思いやりの結果の女装なのだから心外もいいところだ。

結局、笑いすぎて会話にならないロズワールを放置して、スバルは腕を組むと座席に深く腰掛けた。と、そんなスバルの横顔に、

「そういやァ、俺様とオットー兄《あに》ィが女装してんのは頼まれたッからだけどよォ。大将が女装してんのはどうしッたんだ？　エミリア様にでも頼まれたのかよ」

「いやいや、エミリアたんはそんな頼みとかしてこねぇよ。大体、エミリアたんは俺らの女装って気付いてねぇし」

「それもどうかと思いますが……じゃあ、ナツキさんはなんで？」

「——え？　可愛《かわい》くない？」

驚いた顔で、スバルはオットーとガーフィールの二人を見つめた。回数を重ねるごとに女装も上達して、今回の出来《でき》はなかなか大作だ。なので状況はともかく、わりと意気揚々と自信満々に参戦したのだが——、

「——」

そのスバルの意外そうな声に、オットーとガーフィールが渋い顔をする。なんだか、妙な感情の隔たりが生まれてしまった気がする。

「待て待て、誤解するな。女性陣が誰も参加できないから、ここは一つ、俺が一肌脱ぐっきゃねぇってなっただけで、オットーと完全に一緒じゃん？」

「いや、でも自発的なんでしょう？　それってちょっと……」

「大将、オットー兄ィに女装趣味がどォとか言えッねェんじゃねェのか？」

「そんなことねぇよ！　ただ、俺はやるとなったら徹底的にやるってだけで、クオリティを高くするのは正義だろ!?　俺、なんか間違ったこと言った!?」

「ぷはっ」

「笑うな、ロズワール!!」

そんな、互いの意外な一面を明らかにしながら、一行は一路、目的地へと向かう。

そこで待ち受ける、女装以上の災難のことなど全く予想もせずに——。

## 5

——そうして、物語は冒頭の一場面、パーティー会場の中へと戻ってくる。

スバル、ガーフィール、オットー——ナツミにガーネット、オードリーはロズワールの同伴者として、何の問題もなくすんなりとパーティーへ入り込むことに成功した。

無論、そこには招待客であるロズワールの信用がしっかりとあることが前提だが、

「わたくしたちも捨てたものではありませんわね、おほほほほ」

「————」

無事に会場に通され、問題なくパーティーに溶け込めたあたりで、調子に乗っているナツミがそんな高笑いを響かせる。その横で、声色の問題で発言することができないガーネットは沈黙を守り、下手くそな笑顔で適当に時間をやり過ごしていた。

そして、一番乗り気でないオードリーはと言えば——、

「お嬢さん、少しあちらでお話ししませんか？」

「よろしければ、一杯付き合っていただけると幸いです」

「今宵《こよい》の月の輝きと、あなたの髪の色は非常に映えますね。長く見つめていたい」

「あはは、ありがとうございます。でも、ごめんなさい。今はちょっと気分が優れないものですから、少しだけお休みをいただきたいんです」

次々と声をかけてくる男たちを袖にして、オードリーは人だかりを離れ、息をつく。バルコニーで涼しい風を浴びて、パーティーの熱気を少し冷ましたい。

正直、会場に入ってから、休む暇もなく男性陣からの攻勢が続いている。出会いを目的とした場でもあるとは聞いていたが、飢えた狼《おおかみ》の狩りは貪欲だ。飢えすぎて、目の前の相手の性別にも目を曇らせてしまうほどに。

もっと、女性を見る目を養わなければ、仮に出会いがあったとしても不幸な末路を迎えるだけではなかろうか。あるいは、そんなに『出来《でき》』がいいのだろうか。

「うーん、化粧って怖いな。女性が化けるのもよくわかる……」

オードリーに化粧を施したのは、自身の体調不良をねじ伏せて仕事をやり遂げたラムである。ラム自身、あまり化粧をしている印象などないが、何でも器用にこなすのが彼女の性質であるので、化粧が上手《うま》いことにも特に驚きはなかった。

完成品の自分の顔にも、まぁ納得している。

元々、オードリーの美醜の感覚は正常であるので、自分が若干優男すぎる点を除けば、それなりに見られる顔であることの自覚はあった。

まさか、多少の化粧で女装したぐらいで、こうも人目を欺けるとは思わなかったが。

「まぁ、それに関してはナツキさんやガーフィールも同じですか……」

体格を誤魔化《ごまか》す衣装のおかげで、ガーフィールの女装も思いの外成立している。事実を知らなければ、フレデリカの妹を名乗っても十分通用するだろう。フレデリカ以上にペトラが奮起したことが窺《うかが》えて、結果はともかく、微笑《ほほえ》ましさは感じられた。

自力であそこまで仕上げたスバルのことは、もうなんと言っていいのかわからない。エミリアへの愛の力と雑にまとめておく。

「……あァ、肩が凝るぜ。オードリー姉貴は大丈夫ッかよォ」

と、そうして喧噪《けんそう》から距離を置いたオードリーの下に、疲れた顔のガーネットがやってくる。諸事情で沈黙を守り続けるガーネットは、周囲に人がいないのを確かめてから、縮こまって硬くなった手足を大きく回した。

「ガーネットですか。大人気でしたね」

「それを言ったら、オードリー姉貴も似たッよォなもんだろ。喋《しゃべ》りもしねェのに、どいつもこいつも私様に付きまといッやがる。まァ……」

うんざりした顔で呟《つぶや》きながら、オードリーがちらと視線を会場の中心へ向けた。そこでは相変わらず、ナツミが多くの参加者と歓談を楽しんでいる。

どれだけ盛り上がっているのか、何度もわっとした声が上がるほどだ。

「大将……じゃねェや、姐御《あねご》ッほどじゃァねェけどよォ」

「あの人のあれ、ホントにどうなってんでしょうね……もはや、ナツキさんって呼びかけても返事がないんじゃないかって不安になりますよ」

「『コドロがオオドロと早合点』ってやつか……まさか、なァ？」

役に入り込みすぎて、本当の自分を忘れてやしないかと不安にもなるが、そんな不安をオードリーとガーネットは苦笑いしながら振り切ることにした。

ともあれ、三人の潜入工作は順調に進んでいる。このまま、この夜を乗り切ることさえできれば、オードリーともガーネットとも永遠にお別れだ。

「ただ、ナツミ・シュバルツさんが本当にいなくなる確信は持てませんね」

「あー、かもしんねェなァ。──ぉ」

「──？　ガーネット？」

そんな話をしていると、ふと、バルコニーの手すりにもたれたガーネットの視線が頭上に固定された。つられてオードリーも上を見ると、会場となった屋敷の屋上──そこに建てられた鐘楼に、立派な鐘が吊《つ》り下《さ》げられているのがわかる。

「ああ、くる途中にも見えていた鐘楼ですね。近くで見てみないと何とも言えませんが、あの鐘も柱も、かなり立派なものじゃないですかね」

「あァ、みてェだな。ああいうもん見てると、牙の奥が疼《うず》くんだよなァ」

「……ガーネット、噛《か》んだらいけませんからね」

自分の口に手を当て、鋭い牙をカチカチと噛み鳴らすガーネット。その様子に嫌な予感を覚え、オードリーは先手を打って釘《くぎ》を刺しておく。

元々、ガーネットには硬いものを噛《か》むという癖がある。ロズワール邸でも、よくナイフや鑢《やすり》を噛んでいる姿が目撃されるので、半獣という種族的な癖なのだろう。

「わ、わァってるってんだよォ。……あ、私様、ちっと飯食ってくらァ。オードリー姉貴はどォすんだ？」

「ぼ……私はここにいますよ。私とガーネットで一緒に会場にいると、余計に声をかけられそうで怖いので」

ひらひらと手を振り、オードリーは会場に戻るガーネットを見送った。

立食するガーネットは作法も何もあったものではないが、元々喋《しゃべ》れない縛りがあるのだし、あまり大きな障害にもなるまい。

最悪、この馬鹿な試みがバレなければいいのだ。慎重に、慎重にやり過ごせば。

「オードリーちゃんだっけ？　こんなところで一人で、寂しくないかい？」

「ええと……」

そう心中で繰り返すオードリーに、ガーネットと入れ替わりにやってきた人物が声をかけてくる。その相手の顔を見返し、オードリーは小さな緊張に眉を上げた。

身なりの整った、無精髭《ひげ》の似合う伊達男《だておとこ》だ。招待客たちの中では一風変わった雰囲気の人物だが、彼がロズワールと近しい御仁と聞けばすぐ納得がいく。

彼こそが、このパーティーの主催者であるグウェイン・メレテー。エミリアが王選を戦っていくにあたり、支持してもらう必要のある有力者の一人であった。

「グウェイン様、パーティーの主役がこんなところにいてよろしいんですか？」

「主役なんて華やかな立場じゃーないさ。おじさんはね、ただ場所を提供してるだけ。みんなに幸せになってもらいたいから、そのお裾分けって立場だよ」

へらへらと笑い、グウェインはオードリーの言葉をのらりくらりと躱《かわ》す。その真意の見えない態度、実に厄介な人物だとオードリーは唇を軽く湿らせた。

ここでのやり取りが大きく王選に影響するとは考えにくいが、それでも、悪い印象よりいい印象を与えておくのに越したことはない。

「それにしても意外だったね。ロズワールちゃんが連れてくるのはいっつも、あのお気に入りのメイドの子だっただろ？」

「今回は彼女は体調を崩されたので、私たちが代理で同伴した形です。本来の彼女のお役目には遠く及びませんが、辺境伯《へんきょうはく》の名に泥を塗らないよう留意しています」

「いやいや、十分十分。君たちは美人だし、特にあの黒髪の……ナツミ・シュバルツちゃんがいいね。若者諸君をうまーく手玉に取って転がしてる。悪い子だよ」

「ははは」

思わず渇いた笑いが漏れてしまい、女性を装うのに失敗した。が、それはさほどの減点対象にはならなかったようで、グウェインは「ところで」と話題を変え、

「今夜のパーティーにきたってことは、オードリー嬢もお目当ての品物でもあるのかい？」

「――お目当ての品物、ですか。それは、このあとに開催される予定の？」

何気ない問《と》いかけだったが、オードリーはほんのわずかに声を硬くして聞き返す。それを受け、グウェインは深く頷《うなず》くと、

「そうそう。うちのパーティーの最大の目玉は、やっぱり競売だからね」

「――競売」

その響きに、オードリーは瞳を細めて考え込んだ。

定期的に開かれるグウェイン・メレテー主催のパーティー。表向きの開催理由は上流階級の社交場であり、出会いの機会を作るためなどと言われているが、参加者たちの最大の焦点はパーティーの後半、そこで行われる競売こそが本命だ。

王国の西側、その広範囲の商工会のまとめ役たるグウェインは、定期的にこの競売を催し、珍しい品々を入手する機会を富裕層に提供している。

中には本当に珍しい『ミーティア』などが出品されることなどもあるらしく、それこそ目玉が飛び出すような大金が一晩で動くこともざらだという。

――少なくとも、オードリーはそうラムから聞かされている。

「今夜もなかなか珍しい品が集まったからねえ。新顔さんは競売に出品される品物に興味がある場合が多いんで、オードリー嬢もそうかなとおじさん思ったわけよ」

「ええ、大変興味深いお話です。でも、私はこれといって特定の品物に興味があって参加したわけではありません。競売の雰囲気自体は、ぜひ拝見したいですけれど」

「ありゃ、そうなの？　ははは、こりゃ、おじさんの勘も鈍ったかねえ」

オードリーの返答を受け、グウェインが自身の長い茶髪の後ろ髪を撫《な》で付ける。

嫌味《いやみ》のない仕草だが、この笑顔をどこまで信用していいものか。商人としての経験値がオードリーに深く警戒を呼びかける。グウェインの雰囲気は、大商人のそれと何ら変わりなく、傑物に臨む覚悟を決めよと。

とはいえ、今夜の彼は敵ではない。むしろ、味方につけなくてはならない立場だ。幸いにも探られて痛い腹はない。──なくはない。女装してるから。

「──あれ」

グウェインを一人で相手することの緊迫感から、オードリーは視線を巡らせ、味方に助けを求めようとした。が、グウェインや他の男たちと話をしている間に、会場の見える範囲から三人の身内、ナツミとガーネット、ロズワールが消えていた。

それぞれがそれぞれの理由で目立つ面子《メンツ》だけに、会場の中にいれば嫌でもすぐ目に入るはずなのだが──、

「誰かお探しかい？」

「いえ、辺境伯《へんきょうはく》や、ご一緒した他のご令嬢を……」

と、オードリーがグウェインの質問に首を横に振ろうとした瞬間だった。

──ふっと、会場の照明が消えて、暗闇が辺りを支配したのだ。

「おいおい、なんだ？」

思わず息を詰めるオードリー、そのすぐ傍《かたわ》らでグウェインが驚きの声を上げる。驚愕《きょうがく》し

たのはオードリーたちだけでなく、会場の参加者たち全員だ。

突然の暗闇、視界が完全に闇に閉ざされ、かろうじて窓から差し込む薄明かりが視界に影を浮かび上がらせるが、それが誰なのかまでは判別できない。

「皆さん、落ち着いて！　すぐにうちの人間が明かりをつける。その場で動かず、じっとしていてくれ。慌《あわ》てると危険だからね」

状況を察したグウェインが、さすがの判断力で周囲への指示を飛ばした。それで、最初の混乱が爆発することを防ぐと、グウェインの姿が闇の中で照らされる。

グウェインは立てた指の先端、そこに小さな火を揺らめかせていて、

「むかーし、ロズワールちゃんから教わった緊急用の魔法だよ。せいぜい、暗い場所で本を読むぐらいにしか役立ってこなかったんだけど」

傍《かたわ》らのオードリーにそう説明して、それからグウェインが会場のあちこちにいた部下に指示を飛ばした。彼らの中にも魔法の使い手はおり、グウェインと同じように手元を火で照らしながら、会場の消えた照明をつけて回り、明るさが戻ってくる。

それで参加者たちに安堵《あんど》が広がったが、オードリーは全く逆の違和感に襲われた。

「辺境伯《へんきょうはく》は……？」

グウェインが魔法で明かりを灯《とも》したように、ロズワールならば会場中を光で満たすことだってできたはずだ。だが、それは行われなかった。

会場の中に、ロズワールの姿がないからだ。

「こんなときに、いったいどこに……？」

改めて会場中が見渡せるようになっても、その中に見知った顔は見当たらない。それはロズワールだけでなく、ナツミとガーネットの二人も同じだ。

無論、全員で一緒にトイレへ向かった可能性はゼロではないが――、

「――代表、至急お伝えしたいことが」

「なんだ？」

思考を巡らせるオードリーの隣、グウェインの下に彼の部下がやってくる。部下は声を潜めながら、グウェインに何事か報告を始める。

「なに？　保管庫が？」

その内容にグウェインが頰《ほお》を硬くして、それからすぐに彼は表情を取り繕った。そして、隣に立つオードリーに微笑を向けると、

「ちょっと問題が発生したらしい。すぐに戻るんで、慌てないで指示に従ってくれよ？」

「あ、待ってください！」

それだけ言い残し、グウェインが報告しにきた部下と連れ立って会場の外へ向かう。その背中に手を伸ばして、オードリーは判断に迷った。

勝手な判断は慎むべきだ。オードリーは部外者であり、この会場で起きた出来事は責任者であるグウェインが対処する必要がある。

しかし、同時に胸の奥、わけのわからない嫌な予感が騒いでいるのも事実で。

「ああ、もう！　何事もないでくださいよ！」

癖で頭を掻《か》き毟《むし》りそうになり、髪が乱れることを嫌ってオードリーは走り出した。

着慣れないドレスと履き慣れないヒールがしんどいが、それでも何とか、先を行くグウェインたちを見失わずについていくことに成功する。

グウェインたちが向かったのは、パーティー会場のある建物とは別館——渡り廊下で繋《つな》がったそちらの建物に、おそらく『保管庫』とやらがある。

端的に考えれば、グウェインの口にした保管庫とは今夜の競売に出品される品々が仕舞《しま》われている場所のことだろう。

そこで何らかの問題が発生し、責任者が呼ばれた。何ともキナ臭い、嫌な雰囲気のぷんぷんする話だった。そこへ——、

「グウェイン様、何があったんですか？」

「オードリー嬢？　きちゃダメだって言っただろうに」

呼びかけに振り返り、オードリーの姿を見たグウェインが驚いた顔をする。その彼の正面にあるのは、ずいぶんと厳重そうな雰囲気のある重厚な鉄扉だった。

その鉄扉に向かい、三人の男たちが扉を開けようと体当たりをかます。当然、グウェインは部屋の鍵を持っていると思われたが、

「保管庫の鍵が壊されてて、中で何かがつっかえてるんだ。今、力ずくで開けてる」

「保管庫の鍵が……」

その説明の直後、グウェインの部下たちの奮闘で鉄扉が強引に押し開けられた。体当たりでひしゃげた扉が開いて、その中の光景がオードリーたちの目に飛び込んでくる。

そこにあったのは——、

「——え、あれ？」

そんな間抜けな声が聞こえて、保管庫の中に立っていた人物が振り返った。

黒髪と漆黒のドレス、やや鋭い目つきが印象的なその人はナツミ・シュバルツ。——閉ざされた保管庫の中、ナツミは状況が呑《の》み込《こ》めていない様子で目を瞬《まばた》かせる。

その、ナツミの手には作り物の白い石膏《せっこう》の腕のようなものが握られていて。

「————」

ナツミの足下に、見知らぬ太った男がうつ伏せに倒れているのが見えた。

閉ざされた保管庫で、凶器と思われるものを手にして、ナツミ・シュバルツが立つ。

——最悪の現場に居合わせたと、オードリー・スフレは心底絶望的な気分になった。

6

その状況を目の当たりにして、オードリー・スフレは両手で顔を覆った。

それはなかなか、なかなかに絶望的な状況だった。

「――――」

鍵が壊され、内側から封じられていた保管庫の中、床に一人の太った男が倒れている。

室内には争ったような形跡があり、男が倒れた経緯とも一致する状況だ。

いわゆる密室というヤツだが、この閉ざされた部屋の状況で、被害者と別の人物が二人きりで室内にいたとなれば、当然、その人物が加害者だろう。

オードリーも、その意見に全く異論はない。

ただし――、

「――ナツミ・シュバルツ嬢、あんたがこの旦那を殴り倒したのかい？」

「いえ、違いますわよ！　わたくしは、わたくしはやっていませんわ!!」

その容疑者が、必死の形相で首を横に振るナツミ・シュバルツでなければの話。

強面《こわもて》の男たちに囲まれ、その男たちの雇い主であるグウェインに凄《すご》まれながら、ナツミは長い睫毛《まつげ》の瞳を伏せ、気丈に自身の潔白を訴えている。

どうでもいいが、土壇場でも芸が細かいなとオードリーは思った。

「誤解ですのよ！　冤罪《えんざい》ですわ！　わたくしは断固、法廷で争いますわよ！」

「争いますって言われてもねえ……」

一生懸命反論するナツミだが、被害者と一緒に密室にいたことから旗色は悪い。その立場をより悪くするのが、密室内の状況だ。ナツミの足下には倒れた被害者、そしてその傍《かたわ》らに立つナツミの手には折れた石膏《せっこう》の腕が握られていて――、

「そりゃ、おじさんも美しい女性の言い分は聞いてあげたいとこだけどね？　この状況ってなると、それも難しいでしょうよ。……ほら」

言いながら、グウェインがナツミの持っている石膏の腕を指差した。その作り物の白い手首には血が付着していて、被害者はそれで殴られたのだと一目でわかる。

つまり、ナツミは密室に被害者と二人でいて、凶器まで手にしていたわけだ。

「ナツミさん、これはちょっと……」

「あ！　ちょっと、オードリー⁉　あなた、わたくしのこと諦めようとなさったでしょう⁉　ちーがーいーまーすーのー！　わたくしじゃありませんってばーっ！」

地団太を踏んでやかましくナツミが訴える。この危機的状況でも『ナツミ』であることを忘れない徹底ぶりは見上げたものだが、馬鹿なのかもしれない。

とはいえ、それは自分にも跳ね返ってくる思考なので、オードリーは深く考えない。

「ところで、そちらの男性は大丈夫なんですか？　息はありますよね？」

黒服たちに担がれ、部屋から連れ出される男性の方に目をやる。四十路《よそじ》前後の中年男性で、ぐったりと意識はないようだが、胸が上下していることから息はあるらしい。

ナツミの立場の悪さを考えても、被害者が死んでいないのは朗報だ。と、そんなオードリーの安堵《あんど》に「ああ」とグウェインが頷《うなず》いた。

「ラズレーン・エニモウ卿《きょう》だ。殴られちゃいるが、幸い傷は浅い。ただ、ぶん殴られたのがどうやら頭なんでね。起きるまでちょーっとかかるかもだ」

「でしたら、それまで情状酌量について話し合う感じですかね……」

「わたくしの方を見ながら言うんじゃありませんわ！」

オードリーの白い目に、ナツミが赤い顔で声を高くする。だが、状況が状況なのでオードリーにも全面的な擁護は不可能だ。見ず知らずの相手を理由もなく殴り倒すなどと、そんな度胸がナツミにないことの証言は簡単だが――、

「――代表、問題が」

「まだあるわけ？　うん、うんうん。――へえ」

ふと、グウェインに耳打ちしたのは彼の部下の黒服だ。現場となった保管庫の中を検《あらた》めていた一人に、その報告を受けたグウェインの表情が変わる。

その変化に、オードリーはどことなく嫌な予感を覚えた。

――そして、その予感は往々にして的中する。

「悪いね、ナツミ嬢」

「へ？　あ、ちょっと、何しますの⁉」

突然、黒服の一人に腕を拘束され、ナツミが狼狽《ろうばい》した声を上げる。そのナツミの前で己の無精髭《ひげ》に触れ、グウェインが片目をつむって薄笑いを浮かべた。

「ナツミ嬢には気の毒だが、おじさんたちにも面子《メンツ》ってもんがあるから」

「待ってください、何があったんですか？　問題は……大有りだとは思いますが」

「オードリー嬢は部外者、ってわけじゃないか。ナツミ嬢とは親しくしておいでのご様子

だったしね。じゃあ、教えるが……問題発生さ」

振り返ったグウェインが、知性と野性味の同居した笑みを浮かべている。その笑顔に底冷えする威圧感を味わい、オードリーは思わず口を噤《つぐ》んだ。

そのオードリーの反応を見ながら、グウェインは肩をすくめ、

「保管庫から、今夜の競売に出される商品がいくつも消えてる。部屋の中にいて、今も意識のあるナツミ嬢にはぜひとも詳しいお話を伺いたいわけだよ」

と、厄介な状況の加速を伝え、ナツミの顔色を蒼白《そうはく》にさせたのだった。

## 7

「どうしてこう、あの人はいつも問題の渦中に頭から突っ込むんですかねえ……」

そう重苦しい息を吐いて、オードリーは髪が乱れないよう器用に頭を抱えた。

詳しく事情を聞くという名目で、ナツミの身柄はグウェインたちに拘束された。その場でオードリーにできることはなく、恨めしい目でこっちを見るナツミを粛々と見送るのがせいぜいだった。とはいえ――、

「ナツミさんがやったはずありませんが、状況証拠がなぁ……」

身体検査すれば、保管庫から盗まれた商品をナツミが持っていないのはすぐ明らかになるだろう。となると、疑問は殴られていた男性だが、そっちについてもナツミは全面的に

否認しており、オードリーとしては一応信じる方針だ。

嘘《うそ》をつく理由がない、というのが一番の根拠ではある。尋常ならざる状況だったのだから、仮に襲ってきたのが男の方ならそれを正直に告白すればいいだけの話だ。

「まぁ、男性に襲われたこと自体が言いづらい可能性もなくはないですが」

自分の仕上がりに調子に乗って、パーティー会場で多くの男たちを手玉に取って弄《もてあそ》んでいたのだから、それはそれで自業自得な感は否《いな》めない。

その場合、恥を忍んで事実を赤裸々に話してほしいところではあるが――、

「しかし、それだとナツミさんの正体が割れてこっちまで飛び火しかねない……」

オードリー的に一番怖いのは、ナツミから連鎖的に自分やガーネットの正体が露見することだ。それは素直にエミリア陣営の恥であり、今後の社交界にかなり強烈な爪痕を残していくことになりかねない。

「それに、こっちがばたつく間に真犯人に逃げられるのも面白くありませんしね」

あくまでナツミがやっていないと言い張るなら、男を殴り倒したのも、保管庫の宝を持ち出したのも何者かの企《くわだ》てだ。

この場において、その計画がまんまとうまく運ぶのはオードリー的に面白くない。

だから――、

「――よォ、オードリー姉貴、何がどォなってッやがんだ？」

「ガーネット」

一人、廊下に佇《たたず》むオードリーの下へ、姿の見えなかったガーネットが現れる。周囲に人がいないのをいいことに、ガーネットは堂々と男声で唸《うな》りながら、

「いきなりッ暗くなって騒がしくなったと思やァ、妙なもんが空飛んだり、誰かがやられッたとか面倒多発じゃねェか。おまけに、姐御《あねご》が捕まっちまったんだろ？」

「色々ありましたが、最後が一番問題でして。ナツミさんを助ける必要があります。――ガーネット、あなたの手も借りますよ」

「お」

翠色《みどり》の瞳を丸くして、ガーネットが一瞬だけ驚いた顔をする。しかし、その驚きはすぐに掻《か》き消え、金髪の令嬢は猛々《たけだけ》しい笑みを作った。

「おォよ、やる気ッじゃァねェか、オードリー姉貴。私様ッも負けちゃいられねェ。なんだかよくわからねェが、やってやろォじゃねェか」

「その意気です。ひとまず、起きた状況の確認がてら、ナツミさんの話を聞きにいくとしましょう。それと、辺境伯《へんきょうはく》を見ませんでしたか？」

「野郎なら、姐御が捕まってッからなァ。そっちに呼ばれッてんじゃァねェか？」

「じゃあ、あっちで合流できますかね。急ぎましょう」

頷《うなず》くガーネットを連れて、オードリーはナツミが連行された控室へ向かう。途中、屋敷の明かりが戻っていることに気付いて、その事実を胸に留め置いた。

そうして、オードリーたちが控室の前にくると――、

「――ですから、わたくしは何もしていません！　わたくしが保管庫の前を通ったときには、すでに保管庫の扉は開いていましたのよ！」

控室の中から、自分を弁護するナツミの声が廊下に響き渡っている。その内容はともかく、状況に進展はなさそうだとオードリーは判断した。

「申し訳ありません。中にメイザース辺境伯《へんきょうはく》はおいででしょうか？」

控室の前、屈強な黒服に確認を取ると、「すでに中に入っておいでです」との返答を得た。事情を説明し、オードリーたちも控室へと通してもらう。

「おーぉや、君たちもきてくれたんだねーぇ」

と、部屋に立ち入ったオードリーたちに、壁に背を預けたロズワールが手を振った。

見れば、部屋の真ん中では椅子に座らされたナツミが黒服に囲まれ、それらを従えるグウェインから事情を聞かれている真っ最中、なかなか威圧感の強い光景だ。

その様子を見ながら、オードリーとガーネットは自然とロズワールの隣に並び、

「状況が状況ですから当然でしょう。辺境伯こそ、今までどちらにいらしたんです？」

「立場上、やることと話す相手が多くてね。敵味方の判然としないのが社交界の迂遠《うえん》なところだ。そこから抜けられたのは歓迎だが、この状況はなかなか、ね」

「……そうですか。わかりました」

飄々《ひょうひょう》とした態度を崩さないロズワールだが、今は彼に構っている時間が惜しい。

オードリーは部屋の中央、執拗《しつよう》な尋問を受けるナツミの方に視線を向ける。ナツミの横

顔は青ざめ、物憂げな様子でほんのりと黒瞳を潤ませている。入り込みすぎである。

「グウェイン様、ナツミさんは……」

「主張は一貫してるよ。おじさんたちも手を焼いてる。なんせ、解決を急がないとなかなか埋め難い損失の出る勢いだからねえ」

「それは、そうでしょうね」

肩をすくめたグウェインの答えに、オードリーは真剣な表情で目を伏せる。と、そのオードリーの袖を、隣のガーネットが無言で引いた。

性質上、ガーネットは身内以外の前で口を開くことができない。社交場ではそれが照れ屋で謎めいていると注目を集めていたが、実態はそんなものである。

ともあれ、袖を引くガーネットの意図はオードリーにもわかっていた。

「よければ、私たちもナツミさんからお話を伺ってもよろしいですか？」

「新しい話が聞けるってんなら喜んで。自分がやりましたごめんなさい、まで引き出せるんなら完璧ってところかな」

「そこまでご期待に副《そ》えるかはわかりませんが……」

期待は重たいが、必要な許可は得られた。オードリーはガーネットを伴い、椅子の上で小さくなるナツミに歩み寄る。

ナツミはその二人の姿に気付くと、露骨に安堵《あんど》した表情を浮かべ、

「オードリー、ガーネット……わたくし、わたくしは……」

「小芝居はいいんで、話の中身に入りましょう。——いったい、何があったんです？」

「情緒がありませんわね……。わたくし、今、本当に心細い思いを味わっているのですから、心に寄り添ってくれなくては泣きますわよ」

「泣いて物事が解決するなら、涙で湖を作ってもらっても構いませんが、そういうものでもありませんからね。さあ、質問に答えてください」

ずけずけとしたオードリーの物言いに、ナツミは不満げな顔をする。が、その不満をため息で晴らすと、ナツミは滔々《とうとう》と語り始めた。


【ナツミ・シュバルツの証言】

パーティーの間、わたくしはたくさんの殿方とお話ししていましたの。大変楽しかったのですけれど、少し疲れてしまいまして、途中で会場を離れたのですわ。

それで、お屋敷の中を一人で歩いていましたら、問題の保管庫の方から物音が聞こえてきたんですの。それでわたくし、気になってそちらへ向かいましたのよ。

すると、保管庫の扉が開いているのが見えて。はしたないとは思いましたが、そっと中を覗《のぞ》いてみましたの。そうしたら、あの騒ぎでしたでしょう？

もう、わたくし、怖くて怖くて、今にも泣いてしまいそうですのよ。

——しくしくと、目にハンカチを当てながらナツミの涙ぐましい証言が紡がれる。

その話を聞きながら、オードリーは腕を組もうとして、その仕草は女性らしくないと内心で却下、己の腕を抱くラムの姿勢に切り替えた。

「とりあえず、証言は正確にしてもらえますか？　ナツミさん、保管庫の中を覗いただけじゃなく、がっつり中に入ってたじゃないですか」

「うぐぅ！」

「それに、保管庫に入ってから騒ぎが起きるまでの出来事も割愛しないでください。むしろ、そこが一番大事なところなんで」

「よ、容赦がありませんわね、オードリー……！」

オードリーの指摘を受け、ナツミが頬《ほお》を引きつらせる。そのやり取りを隣で見ながら、ガーネットは「さすがだぜ、オードリー姉貴」と満足げな様子だ。

「ともかく、証言を修正してください。抜けたところを重点的に話して」

「……仕方ありませんわね。では、話しますけれど」


【ナツミ・シュバルツの証言2】

ええ、オードリーの言う通りですわ。わたくしは保管庫の中まで入りました。外から覗いただけでは、ほとんど中の様子が見えなかったんですもの。

保管庫の中は薄暗かったですが、わたくしが「誰かいますの？」と声をかけても返事はなくて……ずいぶん、心細い思いをいたしましたわ。

……今思えば、物音の正体は泥棒の方だったのかもしれませんわね。その仕事の最中にわたくしが保管庫に入り込んだ。そんなところだったのかも。

それから、少し保管庫の中を見回りましたけれど、何か異変が見つかることもなく、すぐに辺りが暗くなってしまいましたわ。そのあとは何があったのか全くわかりません。足に何かが当たった気がして、それを拾ってみたら凶器だった……それだけですの。

「なるほど、そうですか……」

ナツミの話を聞き終えて、腕を抱いたままオードリーは難しい顔をする。

グウェインが手を焼いていたのもわかる証言だ。なにせ、事件の核心に迫るような情報が一個も見当たらない。わざと焦らしているわけでもなさそうだ。

物音を聞いて保管庫に入り、おそらくは泥棒の仕事場に踏み込んだ。そして、屋敷の明かりが消えて暗くなったあと、足下には凶器が落ちていたと。

「こんなこと言いたくないんですが、被害者の太った男性と揉《も》み合いになったとか、襲ってきた相手の頭を石膏《せっこう》の腕で殴り倒したとかが抜けてませんか？」

「それだと、わたくしが犯人ではありませんの!?　わたくしはやっていないと、何度も何度も申し上げておりますわ！　凶器も、男性も、急に現れましたのよ！」

「うーん、信憑性《しんぴょうせい》……」

ぶんぶんと腕を振り、必死に訴えるナツミにオードリーは困り果てる。が、そんなオードリーの横で、ふとガーネットが犬歯を鳴らした。

「——急に出てッきたって変じゃァねェか？」

「ガーネット？」

声を潜め、ガーネットがグウェインたちには聞こえない声量で呟《つぶや》く。

「暗くなったってのァわかんだよ。屋敷の明かりが全部落っこちてッたからなァ。けど、殴られた奴《やつ》がいたら悲鳴とかあんだろ。急ってのも変な話じゃァねェか」

「それは確かに。ナツミさん、話から省いただけですか？　男性の悲鳴を」

「い、いいえ、そんなことありません。でも、言われてみれば確かに……わたくしは、倒れた殿方の悲鳴を聞いておりません。その方の殴られるような物音も、です」

ナツミが首を横に振り、オードリーはガーネットの閃《ひらめ》きを内心で称賛する。

そうなると、また話は大きく違ってくるではないか。傷と出血から、男性が殴られていたことは確かだ。だが、ナツミがその争う音を聞いていないなら——、

「被害者は先に気絶していて、ナツミさんが部屋に入った方があと？」

ナツミが被害者の悲鳴を聞いていない以上、この結論がしっくりくる。そうなると、ナツミが聞いた物音は物取りではなく、被害者が倒れる音だった可能性が高い。

被害者が先で、ナツミが部屋に入る。そして屋敷の明かりが消えて、暗くなった隙に犯人が逃走、ナツミと被害者が部屋に取り残される。

順序の問題はこれで乗り越えられた。しかし、まだ問題がある。

「……入口が内側から封じられていたのが問題ですね」

保管庫の入口は閉ざされ、グウェインの部下たちが体当たりでこじ開けたのだ。鉄扉の鍵は壊されており、扉は何らかの方法で封じられていた。

と、そこでオードリーはグウェインに振り返り、

「グウェイン様、保管庫の中を少し見せていただいても？」

「オードリー嬢に？」

オードリーの言葉にグウェインが驚くが、それも当然の反応だ。

いくら事件現場でも、今も宝の置かれた保管庫を部外者に開放したくはあるまい。保管庫では目録との照会が行われている只中《ただなか》で、その邪魔もされたくないだろう。

故《ゆえ》に、グウェインの微妙な反応にオードリーは次なる言葉を紡ぎかけたが――、

「ロズワールちゃん、どう思う？」

「私かい？　私はオードリーくんを信頼しているよ？　彼女はできた子だとねーぇ」

「……光栄です」

渋い顔でロズワールの評価を受け止めるオードリー。その表情が雪解けに繋《つな》がったとも考えにくいが、グウェインは「そうかい」と頷《うなず》くと、

「いいよ、やっちゃって。仕事の邪魔は御免だが、オードリー嬢は弁《わきま》えてそうだしね」

「こっちからお願いしたことですが、よろしいんですか？」

「成果が出るなら何でも試してみる、ってのがおじさんのモットーなんでね」

片目をつむるグウェインの返答を受け、オードリーはロズワールの顔と見比べる。なるほど、出発前にフレデリカから聞かされていた情報に偽りはなかった。ロズワールとグウェイン、間違いなく性質《たち》の悪い友人同士である。

「では、ちょっと保管庫を見てきましょう。ガーネット、いきますよ」

「ええ⁉　わたくしはどうなりますの⁉　心細いですわよ⁉」

「ここで寄り添ってるより、事件の解決を急ぎましょう。結果的にその方がお互いのためになりますよ。ハンカチでも噛《か》んで待っていてください」

縋《すが》るナツミの腕を振り払い、本当にナツミがハンカチを「き～っ」と噛むのを見届けてから、オードリーはガーネットと一緒に保管庫へと足を向ける。

その途中、意味深な眼差《まなざ》しをするロズワールが黄色い方の瞳を閉じて、

「期待しているよ、オードリーくん」

と、そんな応援をしてきたことに、オードリーは眉間に皺《しわ》を寄せた。

8

「で、こっから先はどォすんだよ、オードリー姉貴」

「ひとまず、保管庫の状況の確認を優先しましょう。会場の招待客も長く引き止めておくわけにはいかないでしょうから、このままだとなし崩しでナツミさんが悪者に仕立て上げ

られてしまう。それはうまくない」

ドレスで歩くのに順応しつつ、オードリーはガーネットの問《と》いにそう答える。と、そこでオードリーは「そういえば」とガーネットに視線を向け、

「ガーネットは、騒ぎのあったときどうしてたんですか？　ナツミさんだけでなく、ガーネットや辺境伯《へんきょうはく》の姿も見かけませんでしたが」

「あー……私様ァ姐御《あねご》とおんなじで、会場ッから出てたんだよォ。オードリー姉貴と別れたあと、飯食ってたんだが、話ッかけられんのがしんどかったかんなァ」

「――。なるほど。まぁ、わかる話ですね」

ガーネットの苦労、それはオードリーにも察して余りあるものだ。元々のガーネットの気質を思えば、喋《しゃべ》れないで壁の花なんて立場は無理にも限度がある。

もし、ナツミやオードリーが同行しなかった場合、ガーネットが一人でロズワールと一緒する羽目になっていたかと思うとゾッとする。

「――――」

そんな考えの傍《かたわ》ら、オードリーは微妙なガーネットの歯切れの悪さが気になった。過敏になっているだけかもしれないが、返答に間があった気がする。

しかし、それを追及するよりも、保管庫の前に辿《たど》り着《つ》く方が一足早い。

「グウェイン様から許可をいただいて、保管庫の中を確認しに参りました」

扉の壊れた保管庫の前、警備に立っていた黒服がオードリーたちの言葉に道を開けてく

れた。躊躇《ためら》いなく判断できるあたり、グウェインの部下は主《あるじ》の気質をわかっている。

ともあれ、中で目録と商品を見比べている黒服たちの邪魔をしないよう、オードリーは先ほどは見る余裕のなかった保管庫の中を改めて見渡した。

「そういやァ、オードリー姉貴はなァにが気になってここにきたんだ？」

「バタバタしていて確かめる暇がなかった状況の確認と……まぁ、一番に確かめたかったのは壊れた扉の周囲ですね」

「扉ァ？」

予想外な目的に眉を上げ、ガーネットが部屋の入口に振り返る。

高価な品々を収めた部屋の扉だけに、鉄製のそれは厳重なものだ。今は事件のいざこざで壊れ、ひしゃげて無惨な状態になってしまっているが。

「盛大に壊れてッやがるが、どォしちまったんだ？」

「どうも、中からつっかえ棒みたいなもので支えられていて、力ずくで開けるしか方法がなかったんですよ。それで壊れてしまったと」

「んだよ。どォせ壊すッてんなら、私様を呼んでくれりゃァよかったのによォ」

「招待客のご令嬢に、扉の破壊を手伝ってもらおうなんて考えませんってば」

拳の骨を鳴らしたガーネット。オードリーはその音に驚く黒服の視線を体で遮り、改めて入口の周辺、破損した蝶番《ちょうつがい》などが転がっている辺りを見回した。

「やっぱり見当たりませんね」

「何がだ？」

「つっかえ棒ですよ。それがどこにも見つからない。それに……うわっ⁉」

「おっとォ」

見当たらないつっかえ棒を探していると、不意にオードリーが足を滑らせた。その背中をとっさにガーネットが支え、力強く抱き留められる。

「鈍臭《どんくせ》ェなァ。まだドレスのスカートに慣れッてねェのかよ」

「そうそう慣れたいものでもないですよ。助けてくれてありがとうございます。それにしても、滑ったのは足下が……」

言いながら、オードリーは自分の滑った床が濡《ぬ》れているのを発見する。それも、水溜《みずた》まりというべき濡れ方で、それを踏んで履き慣れない靴の底が滑ったのだ。

「つっかえ棒ではなく、あるのは不自然な水溜まりですか」

「そんなもん、事件に関係あんのかよ」

「さあ、まだはっきりとは言えませんが……」

保管庫は水場から遠く、室内に水溜まりの要因になり得るものも見当たらない。降って湧いた水溜まり、その違和感は記憶に強く焼き付けておく。

「――――」

そのまま、オードリーは思案げな眼差《まなざ》しをひしゃげた鉄扉にも向けた。

つっかえ棒がないなら、扉を押さえていたのは中にいた人間か。その場合、ナツミは何もしていないとの証言から、被害者の男が押さえていたとしか考えられない。扉が開かれた勢いで後ろへ倒れ、頭を打って気を失った——否《いな》、凶器の説明がつかない。

「そういえば、凶器になった石膏《せっこう》の腕は元々何のものだったんですか？」

保管庫の中、目録の照会をしている黒服にオードリーが確かめる。すると、黒服は目録をペラペラとめくり、

「競売の目玉であった、『祝福の女神像』のものかと。ただ……」

「ただ？」

「その女神像も盗まれた商品の一つのようで、残されていたのは凶器にされた腕だけです」

「なるほど、そうでしたか」

黒服の証言通り、確かに部屋の中にそれらしい石膏像は見つからない。凶器となった腕の大きさは大体人間と同じだったので、女神像本体もそのぐらいだろう。

「でも、そうなると持ち出すのも簡単じゃないでしょうに。ずいぶん大物狙いですね」

「あァ？　なんでだ？　大したッ重さじゃァねェだろ」

「ガーネットにはそうでも、普通の人間にはそうじゃないんです。それに、仮に持ち出せたとしてどこに隠すんですか。スカートの中ですか？」

「あー、言われてッみりゃァそォか」

そんな大きな女神像、持ち出せたとしても隠し場所がなくて持て余してしまう。

「他の持ち出された商品は、女神像と比較して小さなものばかりなので……犯人の狙いと

しては、女神像の方がぽっかり浮いていますね」

「持ち運びの簡単なものを狙った犯人が、女神像だけは見逃せなかった、ですか」

黒服の詳しい報告を受け、ますます犯人像の絞り込みが難しくなる。女神像を狙ったことだけが群を抜いて異彩だ。しかし——、

「引っかかる部分は多分にありますが、まともな収穫はありましたね」

「お、なんかわかったのかよォ、オードリー姉貴」

「とりあえず、一時しのぎではありますが」

食いつくガーネットの前で、オードリーは指を一つ立てた。それから、目を輝かせるガーネットに片目をつむって、

「ナツミさんの状況を変えるぐらいなら、できそうですね」

9

「その顔、何か進展があったみたいだーぁね、オードリーくん」

控室に戻ってきたオードリーの顔を見るなり、ロズワールが唇を緩めてそう言った。

その表情の奥、腹の底が読めないことに辟易《へきえき》しつつ、オードリーは「ええ」と頷《うなず》きながら、ガーネットを連れてナツミやグウェインの前に立った。

「ひとまず、保管庫の中に不自然な点を発見しました。たぶん、犯人が残した痕跡《こんせき》だと思

いますが、ナツミさんとは無関係ではないかと」

「へえ、短時間で有能だね。……それで、何を見つけたって？」

「水溜《みずた》まりです」

ぴくりと、オードリーの返事にグウェインが眉を上げた。そうして「水溜まり？」と首をひねる彼に、オードリーは軽く顎《あご》を引くと、

「保管庫の入口に水溜まりがありました。扉のすぐ近くに。妙だと思いませんか？」

「確かに妙ではある。競売品には絵画なんかもあって、水気は厳禁のはずだからさ」

「で、でも、その水溜まりが何の関係がありますの？」

真剣に頷くグウェイン、その背後で囚《とら》われのナツミが答えを焦る。

「いいですか？　保管庫の扉は鍵が壊されていて、中から何かで押さえられていた。だから体当たりでこじ開けたわけですが、何が内側から扉を押さえつけていたのか。確認したところ、それらしいものはありませんでした。ですね、ガーネット」

「――――」

隣のガーネットに確認を取ると、こくこくと無言で頷いてくれる。その肯定を見て、

「しかしねーぇ」と首を傾《かし》げたのはロズワールだ。

「妙な水溜まり、それがそんなに重要なことなのかーぁな？」

「もちろんです。この水溜まりが、第三者の存在を肯定しますから」

「へえ、そりゃ言うもんだ。じゃあ、おじさんたちに聞かせてくれるかい？　オードリー

嬢は、その水溜《みずた》まりがなんだったと考えてるんだい？」

自信ありげに見えたのか、オードリーに問《と》いかけるグウェインもどこか楽しげだ。そんな伊達男《だておとこ》の挑戦に、オードリーは「簡単です」と前置きして、

「——氷ですよ。魔法で作った氷、それが扉を押さえた閂《かんぬき》の正体です」

「氷！　ミステリーでトリックに使われるお約束アイテムですわね！」

「……みす、なんだって？」

オードリーの説明に、興奮気味に身を乗り出したナツミの言葉にグウェインが眉を顰《ひそ》める。すぐにナツミは「ごめんあそばせ」と話の腰を折ったことを謝罪した。

自分の窮地なのだから、せめてこちらの邪魔はしないでもらいたいと視線に込め、オードリーは「こほん」と咳払《せきばら》いすると、

「保管庫の水溜まりは、その氷が溶けてできたものでしょう。ですから、つっかえ棒はどこにもなかったんですよ。正確には、形が違ってしまっていた」

「……その考えにケチをつけたいわけじゃないが、それだけだとちょっと不十分だ。魔法の氷ってのは斬新な発想だよ。でも、ナツミ嬢の関与が否定されるのは？」

「第一に、扉を封じるのが目的なのに、中に残ってたら意味がないですよね？　密室にするのは容疑者から外れるためなのに、それじゃ意味がない。第二に……」

「——ナツミ嬢にはね、適性がないのさ。彼女の適性は陰属性なのでねーぇ」

オードリーの言葉の最後を引き取り、ロズワールがその説を後押しする。と、グウェイ

ンがじろりとロズワールの方に鋭い目を向けた。

「ロズワールちゃん、身内だからって庇《かば》ってたら承知しないよ？」

「もちろん。――たとえ、人生の全てに嘘《うそ》をついたとしても、魔法にだけは嘘をつかないことを約束しよう」

「……そこは嘘でも、もっと共感しやすいものに誓ってほしかったね」

「重要なことだよ？　私にとってはねーぇ」

ロズワールの答えを聞いて、グウェインが頭を掻《か》く。そのやり取りを見ながら、オードリーは「とにかく」と言葉を継いで、

「辺境伯《へんきょうはく》の仰《おつしや》る通り、ナツミさんには適性がありません。それは『ミーティア』を使って確かめていただいても結構です」

「まぁ、それはあとで別室で確かめさせていただくとして……実際、ナツミ嬢を本気で犯人一味と疑ってるわけじゃない。知ってることを聞き出したいだけでね」

「ひ、人が悪いですわね……」

顔を青くしたナツミが、グウェインの考えにそんな言葉を漏らす。が、オードリー的にはグウェインの考えは至極真っ当だ。

あの状況で唯一、話を聞ける立場にあったナツミに注目が集まるのは必然である。そのナツミが何も知らなければ空振り、責任者として気が気であるまい。

「悪く思わんでくれよ、ナツミ嬢。おじさんたちも仕事でね。それに、おじさんの勘が

言ってたのさ。——ナツミ嬢は何かを隠してる、ってさ」

「そ！　そんなこと、は、ありません、わよ？」

片言になるナツミだが、その裏でオードリーとガーネットも冷や汗を掻《か》く。

グウェインの見立ては正しい。ナツミは大いなる秘密を隠している。しかし、それは事件と無関係の、もっとくだらない秘密だ。ナツミは大いなる秘密を隠している。

そんなナツミたちの内心の混迷を余所《よそ》に、ロズワールがこっそりと唇を緩めているのが憎々しい。誰のせいだと思っているのか。

「とにかく、犯人は保管庫を密室にするために氷の魔法を使っています。それで外から扉を封じたなら、中の二人は被害者枠でしょうね」

「目的は時間稼ぎと捜査の攪乱《かくらん》……氷の閂《かんぬき》とは、恐れ入ったね」

悔しげに呟《つぶや》くグウェイン、その心中はオードリーにもよくわかる。

周到に計画して犯行に及んだ手合いだ。犯人は盗んだ品物を持って、すでに屋敷から遠くへ逃げ去ってしまった可能性も考えられる。

「いいや、その可能性は低い。競売のある夜の警備は厳重でね。招かれざる客が屋敷に入ったらタダじゃ済ませない。だから……」

「まだ屋敷の中に犯人が？　だったら、話は早い。持ち物を検査して……いえ、さすがにそこまで迂闊《うかつ》じゃありませんか。品物は隠していますよね」

持ち出せなくとも、あとで持ち出すために隠し場所は準備するはずだ。犯人が屋敷の招待客に紛《まぎ》れていても、持ち物で洗い出すのは不可能に近い。

「……オードリー姉貴」

「──？　なんです、ガーネット」

考え込むオードリー、そのドレスの腰をちょこんと摘《つま》み、ガーネットが小声で話しかけてくる。そっとこちらに顔を寄せ、ガーネットはオードリーに耳打ちして、

「氷の門って話ッだが、問題があんぞ。オードリー姉貴の話じゃ、犯人が逃げるッときに塞いだってェ話だが……外から扉越しにやんのは簡単じゃァねェ」

「うん？」

「だって、扉越しの魔法だろォ？　見えてねェとこにぴったし魔法を当てんのは簡単じゃァねェ。適当にゃァできねェ。なら、それやるには……」

「熟達した魔法の実力がいる……？」

ガーネットの指摘に、オードリーは眉間に深い皺《しわ》を刻んだ。

失念していたが、ガーネットの指摘は正しい。オードリーも多少なり魔法を使うが、確かに見えない場所に正確に魔法を使うのは至難の業だ。目をつむって投げた石を的に当てるのと同じで、容易《たやす》くできることではない。

無論、相応以上の魔法使いならそのぐらいは簡単にこなすだろうが──、

「──相応以上の魔法使い、ね」

と、その会話を聞きつけたグウェインの一言にオードリーの顔色が悪くなる。おずおず

と振り返る視線の先、グウェインがロズワールの方を見ていた。

　そして――、

「ロズワールちゃん、屋敷が暗くなった前後、何してた？」

　そう、新たな容疑者に対して、友情を抜きにした問《と》いかけを放ったのだった。

## 10

【ロズワールの証言】

　熟練の魔法使いが容疑者となると、私が疑われるのも無理はないだろーぉね。もちろん、質問には答えようじゃーぁないか。事件前後の行動だったねーぇ？

　そのとき、私は会場にはいなかった。ナツミ嬢やガーネット嬢と同じで、人と話すのに疲れてしまってね、会場の外にいたんだーぁよ。たーぁだ、そこでもずいぶんと情熱的な女性に捕まってしまって、しばらく彼女と一緒に過ごしていたわーぁけ。

　その後、事件のことで呼び出されてここへ……それは、君たちも知っているだろう？


「と、こんなところかーぁな」

「――――」

　質問に答えたロズワール、その内容に一同が沈黙する。その沈黙の原因はそれぞれ違っているだろうが、少なくともオードリーは安堵《あんど》した。

若干、ラムには聞かせられない部分もある話ではあったが、

「辺境伯《へんきょうはく》、女性と一緒だったんですね。だったら安心しました……」

「おやおや、私を心配してくれるとは嬉《うれ》しいね。ついでに、同伴者である君たち以外の女性と一緒にいたことは目こぼししてくれるとありがたいかーぁな」

「いえ、それはそれであとでラムさんに報告はしますが」

「うーん……」

ラムの名前を出されると、ロズワールが珍しく気後れした顔をする。それが今のロズワールとラムの微妙な関係の表れだが、オードリー的には腹いせとしてちょうどいい。

ともあれ、ロズワールと一緒にいた女性がいたことは朗報だ。

「では、その女性に話を聞ければ疑いは晴れそうですわね」

「まぁ、そういうことだーぁね。魔法の話題で最初に私が浮かぶのは光栄だが、この程度の芸当、さして難しくないでしょーぉ？」

ナツミの言葉に頷《うなず》いて、ロズワールが軽く手を振った。すると、小さく大気の凍《い》てつく音が響いて、控室の外で黒服の驚く声が上がる。

「だ、代表！　扉の外にいきなり氷細工が……あ、消えた!?」

「ロズワールちゃん、遊ばないでくれよ。部下が慌《あわ》てるでしょーが」

グウェインが苦言を呈し、控室の外の黒服に心配いらないと伝える。ちらと、扉の外に

ロズワールの作った氷像が見えたが、精緻な造りのオードリー像だった。

顔をしかめる間に、その氷像も痕跡《こんせき》も残さぬまま大気に塵となって消える。技量だけを見れば、保管庫に氷のつっかえ棒も容易《たやす》くできる実力だ。

ただ、魔法について拘《こだわ》りがあるくせに、ロズワールの感覚はガバガバだった。

「一つ訂正しますが、今のは簡単なことではないです。庶民感覚がないですね、辺境伯《へんきょうはく》」

「そうかい？　私は初めて魔法を使った頃からこのぐらいできたけどねーぇ」

「腹の立つ野郎ッだな……」

自覚のない天才発言に、不愉快そうにガーネットが口の中だけで呟《つぶや》く。

わりとその苛立《いらだ》ちに同意見だが、わざわざ「あなた天才ですね」と伝えて調子に乗らせたくもない。オードリーはため息を一つついて、

「グウェイン様、辺境伯とご一緒していた女性を探して、話を進めましょう」

「だね。そろそろ会場のお客様方も焦《じ》れてる頃だ。――ナツミ嬢、疑いを晴らすためにも、部下と属性の確認に付き合っていただいても？」

「エスコートしていただけるなら」

自分の疑いが薄くなったことで余裕が出たのか、ナツミが悠然とそう応じる。その様子に苦笑して、グウェインが黒服の一人にナツミを室外へ連れ出させた。

これで、ちょっとは事態が好転的に進展してくれるといいのだが――、

11

「……嘘《うそ》でしょう？」

そう、嘆《なげ》くような声色でオードリーが呟く。

場所はパーティー会場で、オードリーの前には一堂に集められた招待客たちがいる。その招待客たちへと、グウェインが「ロズワールと一緒にいた女性は名乗り出てほしい」と呼びかけたところ、挙手する女性は皆無、沈黙だけが落ちていた。

理解はできる。名乗り出てくれと言われて、そんな簡単な話でもないのだ。社交場とはいえ、男性と女性が一緒にいるのは相応の意味合いを持つ。ましてや、相手のロズワールは辺境伯、妙な邪推を生まないとも限らない。

そうした心配はいらないと、一応、グウェインは予防線を張ったのだが。

「まぁ、言い出しづらい気持ちもわかるけどね。仕方ない。ロズワールちゃん」

「――――」

「一緒にいたのはどのご令嬢だい？　聞かせてくれたら……」

「あー、それなんだがねーぇ」

令嬢の恥じらいより、責任者の立場を優先したグウェイン。その彼の言葉に、しかしロズワールは難しい顔で左右色違いの瞳を瞬《まばた》かせ、

「――どうも、私と一緒にいた令嬢の姿、見当たらないね」

「……なに？」

「いやいやいーぃや、私も驚きなんだけどね？　いないんだよ。こーぉれがどこにも」

「うえええええ!?」

お手上げ、と両手を上げるロズワールにオードリーの絶叫が上がる。だが、ロズワールの表情には悪戯《いたずら》な色はなく、困惑だけがあった。

「や、屋敷にいた招待客はこれで全員ですよね？　ナツミさんと、倒れていた男性を除いたら全員、ここにいる？」

「そりゃーね。抜けてたんじゃ意味がない。が、参ったね、どーも」

オードリーの質問に答え、グウェインが額に手を当てた。

ロズワールと一緒にいた女性の不在、これではロズワールの無実を証明できない。それどころか、嘘《うそ》の証言で言い逃れしようとした疑惑まで生じる。

「せ、せめて、辺境伯《へんきょうはく》の姿を見かけた人は？　暗くなった前後です！」

「あ、それなら」

「――っ！　ホントですか!?　それはよかっ……」

縋《すが》る思いの発言に反応があり、顔を上げたオードリーがまたしても硬直する。

ロズワールと一緒にいた女性はいなかった。だが、ロズワールを見かけたものはいないかと聞いた途端に――、

「ひ、ひのふのみの……ど、どれだけいるんですか!?」

ずらりと上がった手の数は膨大、眼前の招待客のほとんど全員が上げていた。

こんなおかしな話があるものか。ロズワールは会場にいなかったはずで――。

「いったい、どこで辺境伯を見たんですか⁉」

「その、ええと……空、で」

「……は？」

動転するオードリーに、招待客の一人がおずおずと答える。その答えの意味がわからなくて、オードリーは文字通り目を丸くした。

しかし、荒唐無稽に思えたその答えを聞いて、挙手した招待客たちは頷《うなず》き合う。

「待った待った、皆さん、待ってくれ。おじさんたちにわかるように話してくれるかい？ロズワールちゃんを、空で見かけたってのは……」

「――でしたら、私が説明いたしましょう」

「お……」

そう言って、一歩前に進み出たのは線の細い、整った顔つきをした人物だった。どことなく中性的な顔つきで、意思の強い瞳をした短い金髪の男性。

その人物を見て、グウェインが「あなたは……」と呟《つぶや》いて、

「キャノン・レイディム卿《きょう》、ご挨拶が遅れまして」

「いえ、主催者がお忙しいのは当然のこと。それより、メイザース辺境伯のことですが」

首を振り、そう応じた人物――キャノンが青い瞳をロズワールへと向ける。その視線を

受けて、ロズワールは同じく青い方の瞳で相手を見返した。

「説明いただけるとありがたいですねーぇ。なんでも、私が空にいたとか？」

「……明かりが落ちて、会場からグヴェイン殿が出ていったあとのことです。暗中、我々は互いに寄り添って不安を慰めていましたが、その最中でした」

「――――」

「会場の窓の外、暗い夜空をゆらゆらと飛ぶ人影が見えたのです。たなびくマント、特徴的な長髪、何より空を自由にできる権利を有するものは多くない」

なかなか詩的な物言いをするキャノンだが、彼の説明にオードリーは息を呑《の》む。周囲から異論が上がらないので、実際、それを多くのものが目撃しているのだろう。

マントで、長髪で、自由に空が飛べて。――そんな人間、他にいるものか。

「メイザース辺境伯《へんきょうはく》、空を飛んでいたのはあなたでは？」

「いーぃや、残念だが私ではないよ。確かに、魔法で飛行するのは私の得意とするところではあーぁるけどね。他の誰にもできないわけじゃない」

「ですが、これだけ大勢の招待客が目撃しているのですよ」

両手を広げ、キャノンが賛同を求めると招待客たちが思い思いに頷《うなず》く。まるで、ロズワールを糾弾するような場面だが、空を飛んでいたとして、それが何なのか。

「いや、まぁ、盗んだ品物を手の届かないところに隠すのとか便利なんだよなぁ……」

「オードリーくん、君は私の味方？　それとも敵なのかーぁな？」

「敵である可能性を常に探っている味方と思ってください」

ロズワールへの恨み節は尽きないが、それは私怨とオードリーは心の奥底に封じ込める。

それよりも問題は、眼前に横たわるロズワールへの疑惑。

ナツミのことといい、ここまでくると、まるでエミリア陣営の狙い撃ちだ。

「……実際、そうなんですかね」

いくら何でも、こうまで都合の悪いことが集中することがあるだろうか。

ナツミが保管庫で発見され、現場の痕跡《こんせき》や、ロズワールと一緒にいた女性の不在、そしてロズワールが怪しい行動をしたと周知された状況——全てが不利に働いている。

一つや二つなら、偶然が重なることはある。だが、三つ重なればそれは作為だ。

——これは、エミリア陣営への、何者かからの攻撃ではないのか。

「ロズワールちゃん、形勢が悪い。何か、言えることとかあったりしないの？」

「正直、お手上げだーぁね。ここまで、私に味方がいないとは思わなかった。いや、自分の屋敷だとこんな環境もままあるんだーぁけども」

「それはそれでどうなのよ……」

と、グウェインがロズワールの答えにげんなりと肩を落とす。が、旧知の間柄であるグウェインにも、現状でロズワールを擁護する意見は浮かんでこない。

オードリーもまた、心情的にロズワールが犯人ではないと考えているだけで、論理的な方向からロズワールを援護する言葉は出てこなかった。

このままではあらぬ噂《うわさ》がロズワールを傷付け、エミリアの王選にも影響する。それだけは避けなくてはならないと、オードリーは必死に頭を働かせ――、

「――さっきッから聞いてりゃァ、何を言ってやがんだよォ、てめェら」

「……が、ガーネット嬢？」

愕然《がくぜん》と、底冷えするような怒気を孕《はら》んだ声がして、グウェインが頬《ほお》を硬くした。顔を強張《こわ》らせたのは彼だけではなく、キャノンや他の招待客たちもそうだ。

彼らの視線の先、オードリーより前に出たのは金髪の令嬢、ガーネット・テュラム。

ガーネットは腕を組むと、「あァ」と猛々《たけだけ》しく頷《うなず》いて、

「ずーっと黙って聞いてりゃァ、おかしな話ばっかしやがって。ロズワールの野郎が空飛んでやがっただァ？　全員、ちゃんと目ん玉ついてんのかよォ」

「ず、ずいぶんと荒々しい言葉遣いを……いえ、それ以前に、その、ご令嬢？　あなたのその声は……」

「あァ、風邪ッ引いてんだ。だァからずっと黙ってた。けど、我慢の限界でよォ」

「は、はぁ……」

凄《すご》みと力業でキャノンを黙らせ、ガーネットが翠《みどり》の瞳でずらりと並ぶ招待客を睥睨《へいげい》、その視線の強さに人々は慄《おのの》いたが、ガーネットは深々と息を吐くと、

「ったく、なァにを雁首揃《がんくびそろ》えて見間違えてんだか……いいか？　お……私様がきっちり、てめェらに教えてやる。飛んでたのは、ロズワールでも何でもねェってな！」

# 12

【ガーネットの証言】

屋敷が暗くッなったときだろォ？　私様もよォ、姐御《あねご》とロズワールとおんなじで会場の外に出てッたわけだ。喋《しゃべ》れねェのに話しかけられんのがだるくてな。

で、風に当たってのんびりッしてたんだが……いきなり、屋敷が暗くなるじゃァねェか。そんで、客たちが慌《あわ》てる気配もしたから戻ろォとしてよ、そしたら、アレだ。

そう、てめェらがロズワールだなんだって言ってる、わけッわかんねェもんがふわふわっと目の前を飛んでやがったわけだ。出来《でき》の悪《わり》ィ、人形みてェなもんがよォ。

「ありゃァ人間でも何でもねェよ、木偶《でく》人形みてェなもんだ。それを、どいつもこいつも浮いてるだけでロズワールだと思いやがって……」

やれやれと、ガーネットが招待客たちを眺めながら鋭い犬歯を噛《か》み鳴らす。

そのガーネットの証言を聞いて、招待客たちは困り顔だ。それらの困惑を代表して、キャノンが「いいかい？」と挙手すると、

「あなたの言い分はわからなくはないが、それも主観的な物言いだ。大勢の目と、あなた一人の目……どちらが信頼に足りるか、わかるだろう？」

「あァ、私様の目だ。オードリー姉貴、そォだろォが」

「……いえ、あの、私の意見としてはそうなんですけどねえ」

堂々と、論理的説得というものを放棄したガーネットの言葉にオードリーは顔を覆う。ガーネットに理路整然とした説明を求めたのが間違いだったが、それにしてももっと協調性というものを養ってほしい。

そんな願いを抱くオードリーの前で、ガーネットは「んだよォ」と鼻面に皺《しわ》を寄せ、

「間違いなく、私様のこの目でッ見たんだ。すぐ真ん前、風に漂う人形をよォ！」

「──待った。目の前で見たって言いました？」

「あァ？」

勢い込むガーネット、その言葉にオードリーは掌《てのひら》を突き出した。その掌を見つめ、ガーネットが眉を顰《ひそ》める。その微妙な表情に向け、今一度尋ねる。

「今、目の前で見たって言いましたよね？　会場にいた皆さんは、空を飛んでいる辺境伯《へんきょうはく》を窓の外に見た。キャノン様、間違いありませんか？」

「え？　あ、ああ、そのはずだ。私も、そう認識している」

「なのに、ガーネットは目の前で見たと。……ガーネット、どこにいたんですか？」

「そ、そりゃァ……に、庭とか」

「庭から空飛ぶ人形を見ても目の前とは言わないでしょう。目の前って言ったからには目の前のはず。つまり、あなたも空の上にいたか……」

同じぐらいの高さ、とオードリーは発想して頭上を仰《あお》いだ。つられて、ロズワールやグウェインも上を見る。ガーネットだけが、顔中を冷や汗で濡《ぬ》らしていた。

そのガーネットとも、こうしてこの屋敷の屋上を見上げたことがあった。記憶に新しいその出来事と、まさかの可能性の符合にオードリーは目を細め、

「グウェイン様、確かお屋敷の屋根には立派な鐘楼がありましたね。柱なんかも、とてもとても雄大で……」

「ん、そうだねえ。あれもだいぶ値が張るもんでね。鐘はもちろんだが、柱も特別な石が使われたもんで、貴重な代物なんだよ」

「なるほどなるほど、貴重な貴重な――とても硬そうな柱でしたもんね」

「――――」

オードリーが、そう言って意味深な眼差《まなざ》しをガーネットへ向ける。と、顔を冷や汗で濡らしたガーネットが、今度はその顔面を真っ赤にして、

「ぐ、がァ！　わァった、わァったよ！　白状ッする！　屋根の上にいたんだよォ！　イライラしてたッとこに、あの柱が目についたッもんだから、牙が疼《うず》いてよォ……」

握りしめた拳を震わせ、ガーネットが自分の行動を告白する。

会場から姿を消して何をしていたかと思えば、鐘楼のところへいっていたわけだ。そして、牙の疼きに耐えかね、硬いものを噛《か》む癖のあるガーネットは――、

「――柱を、噛んでいたと？」

「か、加減はしたんだぜ？　ッけど、思ったより頑丈で気合いが入っちまって……で、結局、噛《か》み砕くとこまで……」

「……かける言葉がない」

眉間を揉《も》みながら、オードリーは『妹分』の暴挙に何を言えばいいのかわからない。

ただ、ガーネットが屋根にいて、招待客たちより近くで、その『ロズワール』であるとされる不明物体を見ていたなら――、

「とりあえず、証言を修正しましょう。また話が変わってくるはずですから」

「だ、ろうね。とりあえず、その間に屋根は部下に見させておくよ……」

問答無用で怒鳴らないあたり、グウェインの器は大きいな、とオードリーは思った。


【ガーネットの証言２】

白状すッとよォ、私様は暗くなったとき、鐘楼んとこにッいたんだ。最初見たときッから噛んでみたくてたまんなくて、つい我慢できなくてよォ。

で、噛んでたとこで暗くなって、慌《あわ》てて下《お》りようとしたって話はおんなじだ。目の前にわけッわかんねェ木偶《でく》人形が浮いてきたのもおんなじだな。

それがすげェ嫌な感じがしてよ。私様が噛み砕いた柱の破片が手元にあったんで、仕方ねェからそれをぶん投げて、木偶人形をぶっ壊してやったんだ。どぼーんってな！

「待った待った待った待った！　全然違う話が出てる！　なに⁉　壊したんですか⁉」

「おォ、ぶっ壊した。スッキリしたぜ」

「こっちはいきなりな話でキョトンがすごい！　え、皆さんはそれ見ましたか⁉」

ガーネットの物語が発展して、動揺の激しいオードリーが招待客たちへ振り返る。彼らは顔を見合わせ、「そういえば……」と話し出すと、

「ふっと、飛んでいる人影が見えなくなったのは確かでした。てっきり、見えなくなっただけかと思いましたが……」

「実はガーネット嬢が撃墜していたと。これはこれは面白くなってきたねーぇ」

「楽しむのやめてくれませんかねえ⁉　誰が一番大変だかわかってます⁉」

「わかってるわかってる、ごめんごめんって、怒らないでくれたまーぇよ」

オードリーが胸倉を掴《つか》む勢いで詰め寄ると、さしものロズワールも不謹慎を引っ込める。

とはいえ、状況は劇的に動きつつある。

これで、本当にガーネットが空飛ぶ人形とやらを撃ち落としてくれていたなら、

「それ、どこに落ちたかわかります？」

「……いや、わからねェ。なんせ真っ暗だったせいでよォ。そんな遠くにゃァ落ちてねェと思うんだが」

「ぐ、さすがにそれは高望み……いえ、待ってください。さっき、ガーネットが言ってましたよね。木偶《でく》人形を壊して……」

「あァ、木偶人形をぶっ壊した。どぼーんってなァ」

「その音、おかしくないですか？」

人形を壊した音にしては、ずいぶんと特徴的な音だ。ガーネットは気にしていなかったようだが、オードリーは強烈な違和感を抱く。

そんな特徴的な物音、どこかで響くとしたら――、

「水音、じゃーぁないかね」

「――っ！　それだ！　ガーネット、人形は水に落ちたのでは⁉」

「……あー、言われてッみりゃァ、そォか？　いや、そォだ。そんな気がしてきた！」

ロズワールから気付きを得て、オードリーとガーネットが手を打ち合わせる。そしてお互いに手を握り合ったまま、二人は揃《そろ》ってグウェインへ振り返り、

「グウェイン様、確か庭に噴水がありましたね。もしかすると、ガーネットが話していた水音はそこからかもしれません。だとしたら」

「人形は噴水の中に落ちている、か。いいねいいね。それも確認させる」

「オードリー姉貴、私様ァ役に立ったか？」

「ええ、役立ちましたよ！　あとで、人の屋敷の柱を噛《か》んだのは絶対に反省させますが」

「ぐおおおお、本物の姉貴にキレられる……！」

それは甘んじて受けるべき当然の罰である。が、ガーネットの暴挙によって状況が良くなる可能性が高いのも事実。オードリーもそこは口添えしてやろうと思う。

そうして、様々な状況が動き始めたところで、もう一つ、大きな動きが現れる。

それは——、

「——オードリー！　ガーネット！　大変ですわ！」

「ナツミさん⁉」

パーティー会場の大扉を開け放って、勢いよく姿を見せたのは漆黒の令嬢、ナツミ・シュバルツであった。

控室を連れ出され、自分の魔法属性を証明するべく、鑑定用の『ミーティア』にかけられていたナツミ。それがゆっくり、オードリーたちの下へやってくると、

「お、落ち着いて聞いてくださる？　大変なことが起きましたの」

「大変って……それより、ナツミさんの問題はどうなりました？　ちゃんと陰属性ってことはわかってもらえましたか？」

「そのテストは大丈夫でしたけれど、それどころではありませんのよ！　——あの、眠っていた被害者の方が目を覚ましましたの！」

「ラズレーン卿《きょう》が？　そりゃ、朗報ってヤツじゃないの」

ナツミからの報告を聞いて、グウェインが解決の予感に手を打って喜ぶ。しかし、オードリーの背筋は感じていた。——冷たく、嫌な予感を。

そのオードリーの予感を肯定するように、ナツミが「それが」と重々しく切り出し、

「そう簡単にはいきませんのよ、グウェイン様。その、ラズレーン様なのですが」

「……まさか、殴られた衝撃で事件のことを覚えてないとか？」

グヴェインが顔をしかめ、最悪の可能性を予想する。実際、頭を殴られて意識をなくした場合、その前後の記憶が曖昧になるのはよくある話だ。

そうなると、被害者男性の証言は事件解決の手掛かりにならなくなるが――、

「それで済めば、よかったんですけれど」

「え？」

そう言って、唖然《あぜん》となるオードリーたちへ向けて、ナツミは斜め上の発言を続けた。

その内容は――、

「――ラズレーン様、頭を殴られたせいで、事件前後のことどころか、自分のことも忘れて完全に記憶喪失になっていますわ」

13

――事件は、またしても予想外の事態を迎えていた。

圧倒的悲報が届けられたのは、事件解決の鍵を握ると思われていた被害者、ラズレーン・エニモウ卿が目覚めたとの報告と同時だった。事件の中核にいた人物の目覚めだけに、状況は一気に解決に向かうと期待されたが――、

「……あー、それで、ご自分のお名前は言えますか？」

「――。あ、ワシのこと？　あー、えー、うーん、その、名前っていうと……」

「あ、わかりました。はい、大丈夫です。ありがとうございました」

一発で風向きの怪しさがわかる回答を受け、オードリーは早めに質疑を打ち切った。

オードリーの正面、パーティー会場の中央で大きめの椅子に座らされている男性、彼こそが件《くだん》の被害者であるラズレーン卿《きょう》だ。

保管庫で頭部を殴られ、意識不明の状態だったラズレーンだが、幸い、傷は軽傷で済んだらしく、見たところ肉体に問題はなさそうだ。

問題があるのは体ではなく、頭の方である。なにせ――、

「まさか、事件の瞬間どころか、自分の記憶を全部すっぽりなくされるとは……」

ラズレーンを襲った悲劇を言葉にし、オードリーは頭を抱えて小さく唸《うな》った。

『記憶喪失』――それが、ラズレーンを襲ったまさかの悲劇だ。殴られた挙句に記憶までなくしたとあって、彼の不運はとどまることを知らない。

ただ、事件解決の糸口が一つ消えたという意味では、彼を襲った悲劇は彼だけの悲劇にとどまらないのもまた事実。

「参っちまったッなァ、オードリー姉貴。頼りの一つだったたッてのによォ」

「そうですね。ラズレーン様が覚えていてくだされば、事件解決の決定打になったと思われるんですが、何とも」

隣のガーネットの言葉に答え、それから二人で深々とため息をつく。そのオードリーたちの様子を見て、「え、ワシ、何かした？」とラズレーンは不安げな様子だ。

ともあれ、この状況下で彼に落胆と失望をし続けているわけにもいかない。

「お悩みのところ悪いね、オードリー嬢、ちょっといいかい？」

「グウェイン様？　何かわかりましたか？」

「ああ、朗報っちゃ朗報かな。庭の噴水から、期待通りの代物が見つかったよ」

肩をすくめたグウェインが、オードリーの問《と》いかけに片目をつむって頷《うなず》く。そのまま、彼は「それと」と意味深な視線をガーネットの方へ向け、

「問題の鐘楼も確認した。ガーネット嬢の歯型かどうかはともかく、確かに誰かしらがあの場にいたのは事実で、それがガーネット嬢の可能性が高いのも間違いない」

「その一件に関しては大変なご迷惑をおかけし、謝罪の言葉もなく……」

「まぁ、これに関しちゃ請求はちゃんとロズワールちゃんにさせてもらうからね。お説教については オードリー嬢がしてくれるんだろ？」

「それはもう、彼女の実の姉にも報告して、しっかりさせていただきます」

「ぐおおお、血も涙ッもねェ……ッ！」

などと、ガーネットが頭を抱えて唸っているが、オードリーからすればこれだけ有情で何が不満なのかと、心外にも程がある話だった。

そうしてガーネットの犯行の裏付けが済んだのはさておき、グウェインが「あれを」と

部下に命じて何かを持ってこさせる。

「これは……」

「庭の噴水に沈んでた代物さ。なかなか、見応えがあるんじゃないの？」

そう言ったグウェインの足下、黒服たちが並べたのは噴水からの回収物だ。水浸しになった上、ガーネットの無情の一撃を浴びて散々な状態の物証。しかし、何とかかろうじてその原形を確かめるぐらいはできた。

回収物は布と木材を組み合わせた、奇妙な形状をした物体だ。破れた布がガーネットの投石の結果なのはわかるが、そもそも、何のための物体なのか。

これが空を飛んでいた、という部分がにわかに信じ難いが——、

「これ、気球みたいに見えますわね……」

「キキュー、ですか？」

回収物を見て、聞き慣れない単語を口にしたナツミにオードリーが首を傾《かし》げる。それを受け、ナツミは「ええ」と肩の黒髪を撫《な》で付けると、

「熱の力を使って浮かぶ、人工的な飛行物ですのよ。空気は温めると上に上がりますの。それを利用して、布の内側に温めた空気を溜《た》めて飛ばすんですのね」

言いながら、ナツミがごちゃごちゃした回収物を広げ、元の形に組み立て直す。そうすると、ナツミの説明した『気球』とやらが出来上がった。

「こんなものが空を飛ぶ、ですか。本当に？」

「――おそらく、事実だろーぉね。火の魔法を使う術者にとって、空気の冷温は常識の範疇《はんちゅう》だ。『気球』という名前は寡聞にして知らなかったが」

「空気を温めて浮かせる、ね。面白い考え方だ。実際、これが浮いてたって話なら、魔法の力でもない限りは真実だろうさ。――それに、拾い物は他にもある」

「他にも、ですか？」

ロズワールとグウェインがそれぞれ気球の存在を肯定的に受け入れ、その上でグウェインがさらに意味ありげに続ける。彼はロズワールの友人らしく、もったいぶった仕草で会場の視線を自身に集めながら、

「実は、噴水で保管庫から盗まれた品々が見つかった。状況的に見て、この気球とやらが小物と一緒に空を飛んでたって話だろうね」

「――っ！　なるほど、気球に盗品を載せて運び出そうとしたと。でしたら、わざわざ気球を飛ばしたことにも説明がつきます！」

グウェインの話に、オードリーが高い声を上げて手を打った。

気球に盗品を括《くく》り付け、空から運び出そうとしたのが犯人の計画。それはまんまと成功しかけたが、ガーネットのまさかの暴挙が功を奏した。

「やりましたね、ガーネット、お手柄ですよ！　あとでラムさんとフレデリカさんとペトラちゃんには報告しますが、胸を張っていい」

「そんだッけ言われて胸張れッかよォ!?」

破顔したオードリーの言葉にガーネットが牙を鳴らして抗議する。それから、ガーネットは自分の金髪をガシガシ乱暴に掻《か》くと、

「で、私様が落とした気球だったかが見つかったッてのと、盗まれッたもんが戻ってきたのァいいけどよォ、まだ全部ってわけじゃァねェんだろ？」

「それは、そうですね。グウェイン様、さすがに石膏像《せっこう》は……」

「残念だが水浴びはしてなかったよ。あれだけは気球で運べる大きさじゃないしねえ」

細々《こまごま》とした小物類は見つかったが、一番の大物である女神像の行方は知れぬままだ。さすがに、あの大きさのものを運ぶにはこの気球の大きさでは不可能に近い。

「かといって、自由に持ち運べる大きさでもないですからね……」

「石膏像って、倉庫にあったものですわよね？　確かに、あれを運び出すのは難しいとわたくしも思いますわ。それも、二体ですし……」

「――――。――――。なんて？」

顎《あご》に手をやり、考え込む姿勢のナツミにオードリーは数秒沈黙してから質問した。その質問にナツミは「なんですの？」と首を傾《かし》げ、

「わたくし、何か変なこと言いました？　ただの事実確認ではありませんの」

「いいえ、ちょっとこちらの見解と違った意見が飛び出した気がしたので。すみません、ただの聞き間違いかな？　ええと、盗まれた石膏像は何体ですっけ？」

「ですから、二体でしょう？　何度も言わせないでくださいまし」

「えええええええ――っ!?」

淡々《たんたん》と事実を語るようなナツミの物言いに、オードリーは絶叫する。その勢いでナツミの肩を掴《つか》み、オードリーは相手をぶんぶんと前後に揺すぶった。

「待ってください待ってください待ってください！　二体？　なんで二体なんですか？　誰かがそんなこと言ってましたか!?」

「お、落ち着いてくださいな。だって、わたくしが保管庫に入ったとき、像は二体あったんですのよ？　それが明るくなったとき消えていたら、盗まれたと思うでしょう」

「元々、像が二体!?　グウェイン様!?」

振り返り、オードリーがグウェインに確認を取る。が、その確認にグウェインは「まさかまさか」と首を横に振って、

「この状況で、こっちから隠しておくような情報はないって。わざわざ確認するまでもないことだけど、保管庫にあった像は一体、問題の女神像だけだってば」

「じゃ、じゃあ、ただのナツミさんの見間違い……？」

「見間違いなんてしませんわ！　わたくしを馬鹿にしないでくださいまし！　いいですわ、ちゃんと証言して差し上げます！」


**【ナツミ・シュバルツの証言３】**

**何度でも申し上げます。わたくしが物音を聞いて保管庫の中に入ったとき、中に怪しい**

人影はありませんでしたし、像も二体ありました。

男性の像と女性の像、それぞれ間違いなくこの目で確認しましたのよ！　そうして、像を確認した直後、辺りが暗くなってしまって……あとは何度もお伝えしている通り、気付いたら足下に凶器と、ラズレーン様が倒れておりましたの。

わからないことだらけの状況ですが……像は二体！　これは絶対ですわ！

「――と、これがわたくしの証言ですのよ。しっかり記録しておいてくださいまし」

疑われて心外、とばかりのナツミの証言だが、オードリーは困り果てるしかない。それはオードリーだけでなく、グウェインを始めとした関係者全員が同じだ。

ナツミだけが、存在しなかった石膏《せっこう》像の話を持ち出してくる。それも、

「ただでさえ、時間のない中で女神像が盗まれてるのに、男性の石膏像……？　現実的に考えて、それが可能だと思いますか？」

「そうは言われても、わたくしは真実を述べていますもの！　わたくしは真実の傀儡《かいらい》！　全てが白日の下に晒《さら》されるまで戦い続けますわ！」

「まぁ、ナツミさんの証言は頭の片隅に置いておきますよ。なんか、本筋からズレていきそうなんでいったん置いておきましょう」

ナツミの主語の大きい誓いはさて置いて、オードリーは混乱する情報以外の内容を整理しようとする。と、そこでふと、床にしゃがみ込むガーネットに気付いた。

「ガーネット？　気球で遊んで、何してるんですか？」

「オイオイ、オードリー姉貴よォ、遊んでるッわけじゃァねェよ。こいつを弄《いじ》ってんだが……なんか、これおかしくねェか？」

床の上、淑女の慎みなど忘れたような姿勢でぼやくガーネット。その訴えにオードリーは「おかしい？」と首を傾《かし》げ、同じように気球に目をやる。

ナツミの説明した通り、温めた空気で浮かせる飛行物――それ自体に馴染《なじ》みがないので、完成形を見てもなかなかおかしなところが見つけにくいが。

「飛ばすのと、盗品ッ括《くく》り付けッだけならこれとかいらなくねェか？　なんか、私様にはこいつがマントみてェに見えてよォ」

「ああ、このひらひらですのね。確かに言われてみれば、そう見えなくもありませんわ。こっちのビラビラは……人毛みたいに見えて不気味ですわね」

「――――」

ガーネットとナツミが気球を見やり、構造を指差しながらそんな言葉を交わす。その二人の会話を聞いて、オードリーの頭にある考えが閃《ひらめ》いた。

すると――、

「おーぉや？　何か思いついたような顔だーぁね？」

「じっと横顔見られてるの不愉快なんですが、まぁ、一応。……辺境伯《へんきょうはく》もすでにお気付きかと思いますが、今回のこと、陣営が狙い撃ちされています」

「ふむ、続けて」

片目をつむり、青い瞳でオードリーを見つめるロズワールに話の先を促される。

——それは、オードリーが事件の当初からひしひしと感じていた疑念であった。

保管庫で犯人にされかけたナツミや、その後に疑惑のかけられたロズワール。会場に戻ってからの不利な状況と、この気球のあからさまな偽装、もはや謀略は確実だ。

「気球に使われている布の色、それに不要な付属物に見せかけたマントの偽装……これは明らかに、メイザース辺境伯《へんきょうはく》と誤認させるための小細工でしょう」

「なるほど？　確かにここまでくると、そう考えるのがむしろ自然だ。……けど、それじゃ納得のいかない部分もあるよねえ？」

オードリーの静かな推論に、頬《ほお》を歪《ゆが》めたグウェインが待ったをかけた。彼は自分の長髪を指で梳《す》きながら、その視線を会場の窓へ向ける。

「気球をロズワールちゃんに見せかける、ってのは妙案だ。でも、そんなに都合よく話が進むかね？　パーティーの参加者がたまたま窓の外、ふわふわ浮かぶ偽ロズワールちゃんに気付いたからよかったが、気付かなきゃそのままおしまいだろう？」

「それは確かに。——ですから、そうならないように犯人は工夫したはずですよ」

「へえ？」

片眉を上げるグウェインから視線を外し、オードリーは会場の参加者たちを見回した。

事態の推移を見守る人々がそれぞれの反応を見せる中、オードリーは指を立てて、「皆さん、よろしいですか？」と呼びかける。

「夜空に浮かぶ辺境伯……実物は気球でしたが、それを目にしたのは偶然ですか？　それとも、何かの切っ掛けがあって、それで窓の外を眺めたのでは？」

「――――」

「その反応からすると、図星みたいですね」

息を呑《の》む人々の反応に頷《うなず》いて、オードリーがその瞳を細める。

「オードリー？　どういうことですの？　わたくしたちにもわかるように説明なさいませ。そうでなきゃちんぷんかんぷんでしてよ？　あと、像は二体ありましてよ？」

「しつこいな、この人。あと単純な話ですよ、ナツミさん。窓の外、遠目にこの気球が見える状態で誰かが叫ぶんです。――メイザース辺境伯が飛んでいます！」

「――っ!?」

声を高くして叫んだオードリーに、目の前のナツミが目を丸くする。驚いたのはガーネットや、その他大勢の参加者たちも同じだ。ただし、ナツミとガーネットの驚きと、参加者たちとの驚きには微妙な違いがある。

何故《なぜ》なら参加者たちには、今のオードリーの叫んだ内容に心当たりがあるはずだから。

「辺境伯の名前を聞いて、夜空に浮かぶ気球を見る。遠目に見ただけじゃ、これを辺境伯だと誤認してもおかしくない。単純な思考の誘導ですよ」

「最初ッからロズワールって思わせて疑わせねェ、ってことかよォ」

よくよく、人間の心理を上手に利用した計画だとオードリーは敵を称賛する。ロズワールの飛行魔法の有名さと、先入観を逆手に取った見事な作戦だ。だが、この作戦には弱点がある。それは──、

「──最初に、あれをロズワールちゃんだって叫んだのは誰だい？」

いち早く状況を理解し、グウェインが参加者たちへそう問《と》いかける。

その質問で正解だ。この計画は大勢の心理を利用して事実誤認をさせる手品だが、その種が見破られた途端、実行犯が誰であるのか明示する結果になる。

そして案の定、参加者たちの視線はゆっくりと一人の人物へ向けられ──、

「──あなたが、この気球をメイザース辺境伯《へんきょうはく》だと叫んだ方ですか」

人垣を割るようにして、参加者たちの視線が渦中の人物──黄色いドレスを纏《まと》い、顔を蒼白《そうはく》にした女性へと向けられていた。

14

会場の全員の視線を一身に集め、その女性は強張《こわば》った顔で首を横に振った。嫌々と、目の前の現実を否定するように首を振り、唇を震わせる。

「ま、待っておくれよ。あたくしはそんなことは……」

「これだけ大勢の方があなただと断定しています。その言い逃れには無理がある」

「う、く……」

オードリーの追及を受け、女性の顔色がさらに青くなる。緊張と動揺が激しく、この状況で舞台に立つには役者不足としか言いようがない。

そんな調子では、自分が悪さを働いたと自白しているも同然だ。

「ハレイン嬢、そう怯《おび》えないでくれないかい？　別に、おじさんたちも君を責めたいわけじゃぁないんだ。ただ、事実を確認してるだけでね」

と、その動揺する女性にグウェインが柔らかな声で話しかける。ハレイン、と呼ばれた女性は何度か深呼吸し、なおも強張った顔ではあるが頷《うなず》いた。

その間、オードリーはそっとロズワールへと顔を寄せ、

「あの女性は、辺境伯とご一緒していた女性ではありませんよね？」

「違うねーぇ。私が一緒にいたのは、もう少し芯の強そうな女性だったのでね」

肩をすくめるロズワールに、オードリーは「そうですか」と顎《あご》を引く。すると、グウェインが何とか落ち着かせたハレインが、訥々《とつとつ》と事情を語り始めた。

まずはオードリーも、彼女の言い分に耳を傾けることにする。


**【ハレイン・バンクシーの証言】**

あ、あたくしはただ、酔い覚ましにちょっとバルコニーに出てただけさ。夜風を浴びてぼんやりと……そうしたら、夜空をふわふわと何かが飛んでるじゃないか。

酔ってたんだよ。それに遠目だったからね。マントと、その色合いと、飛んでるってのを見て、すぐにメイザース辺境伯《へんきょうはく》だと思い込んで……それで、思わず中の人たちに「メイザース辺境伯が飛んでらっしゃる」って話してしまったのさ。辺境伯が魔法で空を飛べるって話は有名だったし、人前で魔法を見せるって話だったから、使うなら飛行魔法だろうって、ね。


「――待ってください。辺境伯が人前で魔法を見せる、とはどこから聞いた話です?」

「え?」

たどたどしいハレインの説明、それにオードリーが待ったをかけた。

驚くハレインは目を丸くするが、彼女が口を滑らせた事実には目をつむれない。彼女ははっきりと言った。――人前で魔法を見せるという話だった、と。

「ですが、そのような事実はありません。今夜、そんな予定も入っていないはず。違いますか、辺境伯?」

「――。無論、そんな予定はなーぁいとも。今日の主催はグウェイン殿だ。余興に私が出る幕なんてありはしないさ」

「――? そうですか。ありがとうございます」

返答に一瞬だけ空白があったのが気になったが、オードリーはその追及を後回しに。ともあれ、その指摘にハレインが再び顔を蒼白《そうはく》にし、倒れる寸前の様子だ。

不自然な点の多い証言者だけに、当然、彼女への疑惑は濃くなる一方だ。

と、そこへ――、

「――それ以上、私の同伴者を苦しめるのはやめていただきたい」

「あなたは、キャノン様？」

再び進み出た金髪の貴公子、キャノン・レイディムにオードリーが眉を上げる。

「ハレイン嬢は、あなたの同伴者だったんですか？」

「ええ、そうです。そして、あなた方の非情な追及はとても見ていられない。状況が状況なのは理解しますが、それでも女性には配慮すべきだ」

「ですが、ハレイン嬢の証言にはいくらか奇妙な点が……」

「その点でしたら、私が説明できます。彼女が酔い覚ましにバルコニーに立っていた際、私が一緒にいたのですから」

「キャノン様が、ですか？」

自分の胸に手を当て、キャノンは深々と頷《うなず》く。彼はハレインの隣に並ぶと、震える彼女の肩をそっと抱いて、瞳を潤ませるハレインに優しく微笑《ほほえ》んだ。

「彼女に何か企《たくら》みがあったとは思えません。彼女はただ、空を浮かぶ気球ですか？　それを目にして、思い込んでしまっただけのこと。思い込みが激しい女性は情け深く、思いやりが強い。良いことではありませんか」

「そ、そうは言われましても……」

堂々と、ただの思い込みだと言い張られるとオードリーも弱い。現状、ハレインの犯行への関与を思わせるものは、状況証拠と彼女の不審な態度だけなのだ。

流れと勢いでハレインを追い詰める雰囲気に持ち込みこそしたが、証拠はない。先の魔法に関する失言も、単なる言い間違いだと言われればそこまでの話。

「落ち着いて、深呼吸してください、ハレイン嬢。あなたは何も悪くない。でしょう？」

「え、ええ、そうです。そうですとも」

キャノンが優しく背を撫《な》でると、途端にハレインの表情に落ち着きが戻ってくる。このままでは言い逃れを許してしまうと、オードリーの内心にも焦燥感が募った。

だが、いくら焦っても考えても、状況の打破は容易《たやす》くはなく――、

「せめて、彼女の失言を裏付ける情報……辺境伯《へんきょうはく》が実際に魔法を使っていたとか」

「あ、魔法なら使ったーぁよ？」

「は？」

苦し紛《まぎ》れのオードリーの呟《つぶや》きを、ロズワールが気安い調子で肯定した。それを受け、ロズワール以外の面々は当然ながら激しく驚く。

「魔法を、使った……え？　それって、空を飛んだりしたってことですか？」

「だったら実にややこしいねーぇ。幸い、そうじゃない。ほら、屋敷の明かりが一斉に消えただろう？　あれ、私の仕業」

「「――はああああ――!?」」

自分を指差したロズワールに、オードリーとナツミ、ガーネットの絶叫が重なった。

当然だ。まさか、ここへきて屋敷が暗転した事象がロズワールの仕業と判明するなどと誰が思うものか。第一――、

「明かりは、犯人が保管庫のものを盗むために落としたはずじゃないんですか!?」

「そう思うのも無理はないけどねーぇ。考えてもみてごらんよ。本当に保管庫の中のものを盗み出すのが目的なら、別に屋敷を暗くする必要はないだろう？」

「そ、それは……」

ロズワールの指摘に、オードリーは震えながらも頷《うなず》くしかない。

屋敷の暗転と、保管庫の犯行が無関係である。その想像はしていなかった。同時に起きた出来事だから、当然、両者は関連があると結び付けてしまった。

「でも確かに、電気でセキュリティを管理しているわけでもなし、停電させるメリットがありませんでしたわ。盲点……！　完全に盲点でしてよ……！」

「グウェイン殿のお屋敷の照明は魔法灯完備だーぁからね。あのとき、一緒にいた女性に魔法を見たいとせがまれて、そーぉれでというわけだよ」

「それをよくもまぁ、堂々と言えたもんだね、ロズワールちゃん……」

度量の広いグウェインも、さすがのロズワールの蛮行には開いた口が塞がらない。

とはいえ、これでまた事情が変わってくる。屋敷の照明を落としたのが犯人と無関係であること、それ自体は新たな事実の発覚でしかないが、

「そうなると、さっきのハレインさんのお話が聞き流せなくなりますね。先ほど仰《おつしや》っていた通り、辺境伯《へんきようはく》は魔法を使われていた。飛行魔法でこそありませんでしたが……」

「え、あ、う、それは……あの」

またしても旗色の悪い雰囲気に、ハレインのしどろもどろが戻ってくる。

一見してわかるが、彼女は腹芸には向いていない。しかし、無関係のはずもない。当然だが、彼女に偽証なり、嘘《うそ》の発言を指示したものがいるはずだ。

そして、目下、その黒幕に当たる可能性が最も高いのは——、

「——先ほども言ったが、それは邪推というものだ。たまたま状況と符合こそしてしまいましたが、彼女の言い間違いはありえるものだっただろう」

そう言って、ハレインの代わりに矢面に立つ金髪の貴公子、キャノン・レイディム。

彼こそが、主犯格である可能性が高い。

「でも、同時に一番手強《てごわ》くも見える……」

「ハレイン嬢はすでにお疲れだ。こうも長く、衆目を集めてはそれも致し方ない。むしろ答弁すべきは、突飛《とつぴ》な行動をしたメイザース辺境伯の方なのでは?」

「それ言われッと弱《よえ》ェなァ」

腕を組み、唇を曲げたガーネットにオードリーも同意見。ここへきて、というより当初からだが、ロズワールの行動が怪しすぎて弁護の気力が萎えてくる。

とはいえ、ここまできて敗訴となるのもおかしな話、気合いが大事だ。

「同伴者を守りたいお気持ちはわかります。ですが、あまり庇《かば》い立てしては……」

「――。これは言うまいと思っていたのですが、仕方ありません。ハレイン嬢のお心遣いを無駄にしてしまうことになりますが」

「へえ？　ロズワールちゃんだけでなく、キャノン殿も隠し事が？」

「うーん、棘《とげ》があるねーぇ」

凄《すご》みのある笑顔をしたグウェインの言葉に、ロズワールがちくりと刺される。が、当然の報いなので誰もそれを擁護しない。

全員の注目は、次なるキャノンの発言に集中していた。そうして、衆目を己へ集めながら、キャノンは意を決した表情で話し始める。

「ハレイン嬢は私を庇うためにあえて言いませんでしたが、最初に宙を舞う気球を目にしたとき、それをメイザース辺境伯と見間違えたのは私だったのです」

15

【キャノン・レイディムの証言】

お恥ずかしい話だが、最初に気球と辺境伯とを見間違えたのは私だったのです。

ハレイン嬢と二人、バルコニーで夜風に当たっていたときのことだ。ふと、夜空の星を眺めていた私の視界を、ふらふらと何かが横切るではありませんか。

とっさにそちらを見て、私は驚いた。

夜気に踊るマント、遠目になびく長い髪、奇抜で目を引く服飾の色合い……脳裏を過《よぎ》ったのは、辺境伯《へんきょうはく》が空を飛ぶことができるという話でした。

思わず、隣のハレイン嬢に「辺境伯が空を飛んでらっしゃる」と話しかけてしまった。私の高揚が伝染してしまったのでしょう。ハレイン嬢も中に呼びかけて……。


「──あとのことは、すでに皆さんもご存知《ぞんじ》の通り。お騒がせして申し訳ない」

オードリーたちへ一礼し、さらに振り返って参加者の列にも一礼するキャノン。そのきびきびとした姿勢と仕草には、一分の隙も見当たらない。

これはなるほど、強敵だとオードリーは奥歯を噛《か》みしめる。

「なーぁるほど。つまり、レイディム卿《きょう》はハレイン嬢の最初の思い込みを招いたのは自分の発言だったと。勇気ある告白だったたねーぇ」

「確かにそうかもしれません。ですが、私の名誉など、ハレイン嬢の名前を汚す不名誉と比べるべくもない。当然のことでしょう」

表情を引き締め、キャノンはまるで絵物語の騎士のように真《ま》っ直《す》ぐに言い切る。

その横顔を見ながら、オードリーは先のキャノンの証言につつく穴がないか頭を働かせる。

しかし、つつくべき穴は見当たらない。全て、見間違い、思い込みで言い逃れられる範疇《はんちゅう》だ。露骨に動揺するハレインと違い、キャノンはボロを出さない。

「ご立派な決断だ。でも、だとしたら驚かれたでしょう。ハレイン嬢の行動に」

「ええ、少しだけ。ですが、奔放なところもその女性の魅力と言えましょう。ですから、彼女が『メイザース辺境伯が飛んでいます！』と叫んだとしても、可憐《かれん》だ」

それも盲目的な見方だと、オードリーが内心でこぼした瞬間だった。

「――――」

ロズワールの視線、それも意味ありげな視線がオードリーへと向けられていた。どこか挑発的で、悪戯《いたずら》っぽく、憎々しい視線の色にオードリーは困惑する。

困惑して、それから気付いた。――参加者たちの、微妙な表情の変化に。

「……皆さん、なんだか変な反応ですね。何か、レイディム卿のお話に違和感でも？」

オードリーが質問すると、参加者たちが顔を見合わせる。それから、参加者の中の一人がおずおずと、「関係ないかもしれませんが」と前置きして、

「その、レイディム卿のお話と、私の印象は少し食い違いまして……」

「食い違う、ですか？　それはどのように？」

首を傾《かし》げたオードリーの後ろで、ナツミやガーネットも同じく首を傾げる。さらにその後ろではキャノンやグウェイン、そしてロズワールも話に耳を傾けていた。

「レイディム卿はハレイン嬢を可憐と評しましたが……私には、どうにもそう簡単には受け入れられず」

「それは好みとか、人の好き好きとかありますから……」

「もちろんそうです。そうなのですが、ハレイン嬢は『辺境伯《へんきょうはく》が飛んでる！　ぎゅーんって飛んでる！　すごい！　見ないと一生の損！　全員注目！　注目～っ！』と、手を叩《たた》いて大はしゃぎして、会場の人間を呼んだものですから……」

「『そんなに大はしゃぎして⁉』」

名前も知らない参加者が迫真の演技をぶちかまし、それを目の当たりにしたオードリーの驚く声と、何者かの驚く声が重なった。

だが、今回に限り、その驚きの声が重なったことが致命的となる。

「……隣で聞いてたッはずじゃァねェのか？　なんで、てめェが驚くんだよ、オイ」

全身から剣呑《けんのん》な気配を溢れさせ、低い声で言ったのはガーネットだった。もはや女装を隠す気のないガーネットは、可憐《かれん》な見た目に反した肉食獣の眼光だ。

その視線が向くのは、オードリーと同じぐらい驚いてしまったキャノンであった。

ガーネットの指摘は的確で、オードリーも同じ疑問にぶち当たる。すなわち、何故《なぜ》、同じバルコニーにいたキャノンが驚き、慌《あわ》てふためいたのか。

「レイディム卿《きょう》、さすがにその驚きは誤魔化《ごまか》せないのでは？」

「い、いえ、そんなことは。これも言い間違いの範疇《はんちゅう》……私の耳にはハレイン嬢のお言葉が小鳥の囀《さえず》る可愛《かわい》らしいものに聞こえて……」

「いやぁ、あれは小鳥の囀りより、鶏を絞める断末魔って感じでしたでしょうか」

「すごいぐいきますね、あなた⁉」

迫真の演技をした参加者が、キャノンの苦しい言い訳の逃げ道をさらに塞いだ。だが、それが突き刺さったのは事実。キャノンが頰《ほお》を硬くする。

「……さっきのレイディム卿のお話は、あれですか。おそらく、私が推測したハレイン嬢の発言が印象に残っていたせいでしょう」

「――――」

「つまり、あなたは直接、ハレイン嬢の声を聞いていなかった！　違いますか！」

「ぐ、ぐうううう――っ！」

ここまで、冷静だったキャノンの表情がついに崩れ、追い込まれた形相となる。

これで、キャノンとハレインの庇《かば》い合い――否《いな》、協力関係は明白だ。キャノンはハレインと一緒にいなかった。その間、彼が何をしていたのかは――、

「――あの、少しだけよろしくて？」

「ナツミさん？」

ふと、弾劾の空気を割るように、一歩進み出たのはナツミだった。

関係者の視線を自身へ集めながら、ナツミがその黒瞳をキャノンに向ける。苦々しい表情となった貴公子は、その黒瞳を真っ向から受け止め、

「ナツミ嬢、あなたも私に言いたいことが？」

「ええ、あの、これは確認なのですけれど」

キャノンの問《と》いかけに顎《あご》を引いて、ナツミが件《くだん》の貴公子を上から下まで眺める。その無

遠慮な視線のあと、ナツミは整えられた眉を顰《ひそ》め、言った。

「――キャノン様、本当は女性ではありませんこと？」

「な……っ」

そう言い放ったナツミに、キャノンが瞠目《どうもく》して絶句する。

その驚きはキャノンだけに留《とど》まらず、会場の全員が「何言ってんだこいつ？」という視線をナツミへ向けた。だが、ナツミはそれに動じない。

「眉を描いたり、立ち方や歩き方、振る舞いで上手にカモフラージュしていますけれど、わたくしの目は誤魔化《ごまか》せませんわ。キャノン様はそう、男装の麗人――っ！」

「ちょ、ちょちょ、待ってください、ナツミさん！　本気……いえ、正気ですか!?」

「当然ですわよ！　わたくしが悪ふざけするとでもお思いですの!?」

作り物の胸を張るナツミだが、オードリー的には十分ありえる話だ。が、さすがのナツミもこの状況で空気の読めない行為には及ぶまいと思いたい。

やりかねない、と思わなくはないが――、

「い、いくら何でもそれは侮辱というものだ！　撤回していただきたい、ナツミ嬢！」

「ええ～、でも絶対、絶対の絶対、わたくしの目が正しいですわよ～」

「子どもですか、あんたは。そんな駄々《だだ》こねないでくださいよ」

衝撃から立ち直ったキャノンが、ナツミの指摘に厳しい視線を向ける。しかし、ナツミはその視線に肩を左右に振り、ブリブリとした徹底抗戦の構えだ。

その不毛な言い合いの気配に、どうしたものかとオードリーは頭を抱え、

「あのよォ、姐御《あねご》の言い分が正解ッかどォか、見てみりゃァいいんじゃねェか？」

「え」

そこへ、鼻面に皺《しわ》を寄せたガーネットが割って入った。手っ取り早い解決手段を口にするガーネット、その言葉にキャノンが再び絶句する。

「ちっと、どっか物陰ッで確かめてくりゃァ話が早ェ《はえ》じゃねェか。それで姐御の疑問が晴れて、妙な濡《ぬ》れ衣《ぎぬ》が晴れんならてめェも構わねェだろ？」

「そ、それは……いや、そもそも、そうした疑惑自体が侮辱と言っているのです！　ガーネット嬢やナツミ嬢も、性別を確かめるなどと言われたらお困りでしょう⁉」

「――――」

「な、何故《なぜ》、お二人とオードリー嬢まで味わい深い顔を……？」

図らずも、キャノンの反論が突き刺さったオードリーたち全員の表情が歪《ゆが》んだ。

実際、もしまかり間違ってオードリーたちの性別を確かめるなんて話になったら、その時点で泥棒騒ぎ以前にエミリア陣営が王選から脱落する。それは言いすぎにしても、エミリア陣営の男衆が変態揃《ぞろ》いの誹《そし》りは免れなくなるだろう。

そんな破滅の足音に、オードリーたちの追及の口が重くなる。だが、それでキャノンの受難が終わるかといえば、そんなことは決してない。

「――馬鹿馬鹿馬鹿しい言いがかりと、そんな風に割り切れないのはおじさんだけかな？　ロ

ズワールちゃんはどう思うね？」

「いーぃやぃや、そんなまさかまさか。こうした貴族の社交場へ、あろうことか性別を偽って参加するだーぁなんて、そんな大胆な人間がいるとは思えないねーぇ」

「うわぁ」

悪い顔をした悪い大人、ロズワールとグウェインが仲良く悪い会話を交わす。

この二人、なんて楽しそうに他人を嬲《なぶ》るのだろうか。特にいけしゃあしゃあとしたロズワールの発言には呆《あき》れて物が言えない。人の心がないとはこのことだ。

そんな二人に追い込みをかけられ、顔を青くするキャノンには同情しかない。

「ただしそれも、彼……あるいは、彼女が本当に濡《ぬ》れ衣《ぎぬ》であればの話ですが」

「ですけれど、キャノン様が女性だったとして、それが手掛かりになりますかしら？」

首をひねり、偽証の可能性を一つ見抜いたナツミが眉尻を下げる。そんなナツミの言葉に、オードリーは「なりますなります」と頷《うなず》いた。

「ナツミさんは実感がないみたいですが、仮にキャノン様が性別を偽っていた場合、浮いたままになっていた疑問の一つが解決する可能性があります」

「浮いたままの疑問……なるほど、二つの像ですわね!?」

「ああ、そんなのありましたね。まぁ、そっちではないです」

目下、ナツミにとっては保管庫の像問題は急務らしいが、生憎《あいにく》とオードリーの焦点はそれではない。おそらく、すでにロズワールたちも気付いているだろう。

キャノン・レイディム卿《きょう》が女性だった場合、解決する問題とは——、

「時にレイディム卿、あなたは大変美しい髪をしていらっしゃいますねーぇ」

「こ、光栄だが、こんなときに辺境伯《へんきょうはく》は何を……」

「いえ、そう言えば私を外に連れ出し、魔法を見たいと可愛《かわい》らしくせがんでくださったご令嬢も、美しい金の御髪《おぐし》をしていたことを思い出しまーぁして」

そっと手を伸ばしたロズワールが、硬直したキャノンの金の髪に触れる。あまりに自然な動きすぎて、キャノンもそれを拒むことができなかった。

何より、キャノンには自身の企《たくら》みを暴かれたことの衝撃が大きすぎる。

「そういや、おじさんも確認し忘れてたんだけどさ」

「うん？　なんだい、我が友、グウェイン・メレテー殿。何か問題でも？」

「はは、大したことじゃぁないさ。我が友、ロズワール・L・メイザース辺境伯」

白々しいやり取りを交わして、ロズワールとグウェインが視線を交換する。そのままグウェインはふやけた笑みを後方、大人しくしているラズレーンへ向けた。

最初の記憶喪失のくだり以来、ずっと事態を呆《ほう》けた顔で見守っている彼を指差し、

「ふと思ったわけよ。この、記憶をなくされたラズレーン・エニモウ卿のお連れの女性はどこかなと。いらっしゃるなら、エニモウ卿の傍《そば》にいてもらいたい」

「そ、れは……」

「どうです？　キャノン・レイディム卿。——もしくは、キャノン・レイディム嬢？」

グウェインの問《と》いかけを受け、キャノンががっくりと項垂《うなだ》れる。そして、項垂れた状態でキャノンは小さく両手を上げ、

「――認めましょう。完敗だ」

16

つまり、こういうことだ。

今夜のパーティーに、キャノン・レイディムは二回出入りした。

一度は男装し、同伴者のハレイン嬢と受付を済ませる。その後、こっそりと抜け出し、今度はドレス姿で、ラズレーン・エニモウ卿《きょう》の同伴者の立場で来場したのだ。

「そして、女性としてメイザース辺境伯《へんきょうはく》を誘い出し、その間に共謀者であるハレイン嬢とラズレーン殿が悪さを働くと。事件が明るみに出たときには消えているキャノン嬢に疑いの目を向けさせるためにね。そういう筋書きだったわけだ」

「……その通りです」

グウェインが状況を整理すると、キャノンは観念した様子で全てを受け入れる。

彼――否《いな》、彼女の隣ではハレインがへなへなと床に座り込んでおり、何もわからない顔のラズレーンだけが「なに？　ワシ、なんかした？」ととぼけたことを言っている。

ともあれ、これで事態は明らかになった。問題は――、

「今回の一件、明らかにキャノン様の狙いはメイザース辺境伯でした。目的は保管庫の中身を盗み出すことではなく、辺境伯を容疑者に仕立てあげることでしょう？」

はっきり言って、今回の計画はただ保管庫の中身を盗むだけにしては迂遠《うえん》すぎる。気球をロズワールに見せかけたり、奇策を講じてロズワールを誘い出したり、ロズワールの仕業に見えるよう画策したことが多すぎるのだ。

よほど、ロズワールがキャノンたちの恨みを買っていたとしか思えないが。

「ハレイン嬢とエニモウ卿は私が計画に誘っただけだ。この計画を練り、真に辺境伯を狙った卑劣漢は私のみ……故《ゆえ》に、処分はこの私を最も重く」

「女性であった事実を考慮すれば、卑劣漢という表現にも首をひねりたいところだーぁけど、処分云々《うんぬん》以前に動機が気になるねーぇ。何故《なぜ》、私をそうまでして？」

「以前、辺境伯が利用して捨てた女性とか、その関係者とかなのでは？」

「オードリーくん、君はなんてこと言うのかーぁね。それにだ。仮にそれが事実だったとして、私がそれを忘れているとでも？」

全く自慢にならない話だが、ロズワールの言葉にオードリーは納得する。そうした不和の芽を摘まずに残しておくなど、それこそロズワールらしくもない。

そんなオードリーの納得と、キャノンが短く息を吐いたのは同時だった。

「私と辺境伯との間に直接的な因縁《いんねん》はありません。ただ、あなたは間違っている」

「ほう、私が？　いったい何を？」

「決まっています。――『氷結の魔女』を、王選候補者へ祭り上げたことだ」

「――っ」

はっきり、そう告げたキャノンに息を呑《の》んだのはナツミだ。淑女然とした表情の裏側、隠していたエミリアの騎士としての矜持《きょうじ》が微《かす》かに現れる。

あるいはそのまま、ナツミであることを忘れて怒鳴りつけかねないと思われたが、

「――そーぉうか。ようやくわかりましたよ。キャノン・レイディム卿《きょう》。あなたは、エリオール大森林近くに所領を構えていた。つまり」

「あの永久凍土を作り出し、付近の住民に恐怖を与えた魔女をよく知っている」

「……それで、エミリア様ではなく、エミリア様の支援を決めた私を狙ったわけだ。すでにエミリア様自身のお名前には傷を付けようがないからねーぇ」

言葉を選ばないロズワールの発言、しかしそれは否定しようがない事実だ。

王選において、エミリアの背負っている負の印象はそれほど重い。『嫉妬《しっと》の魔女』と同じ特徴を持つということは、それだけで世界の大半の人間の恐怖の象徴なのだ。

だが、キャノンにとってはそれ以上に、エミリアの存在そのものへの負の印象がある。それが、オードリーも知らないエリオール大森林に纏《まつ》わる物語――。

「辺境伯《へんきょうはく》の名を傷付け、魔女が候補者から落選すればそれでいい。あとは折を見て事実を明かし、私だけが沙汰を受けるつもりだった」

「そのために、レイディム家が断絶したとしても？　そりゃ大博打《おおばくち》だね」

「元々、私の代で家は終わりです。男児が生まれず、女児を男として家督を継がせた。次代を作れない以上、細々《ほそぼそ》と終わるしかない。ならばせめて」

「王国を危険に晒《さら》しかねない爆弾を処理し、貴族の務めを果したかったか」

それも叶《かな》わぬ夢だった、とキャノンはゆるゆると首を横に振った。

そのキャノンの強い意志の話を聞かされ、オードリーは苦々しいものを胸に覚える。王国のことを思えば、キャノンの行動は過激ではあったが、理解できる代物だ。

ただ、それはあまりにも――、

「――エミリア様を、知らなすぎるお話ですわね」

「……ナツミ嬢？」

一歩、前に出たナツミが正面からキャノンを見据える。その言葉の強さと視線の鋭さを受け、キャノンがわずかにたじろいだ。

「果断な行動に出る前に、エミリア様とお会いするべきでしたわね。そうすれば……そうすれば、あの子が頑張り屋で、一生懸命で、健気《けなげ》で、真摯で、思いやりが強くて、優しくて、強くて、たくましくて、可愛《かわい》い。――そう、わかったはずなのに」

ひどく、胸を掻《か》き毟《むし》られるようなナツミのエミリア評、それにキャノンが目を見開く。

それから、ふっと彼女は息を抜くように微笑《ほほえ》むと、

「あなたは、『氷結の魔女』……エミリア様を、よくご存知《ぞんじ》なのですね。今夜の計画が実行される前に、あなたと話ができていたらよかった」

「それは、難しかったでしょうね。わたくしは、保管庫に閉じ込められていましたから」

張り詰めていたものが切れた様子のキャノンに、ナツミが唇に指を当てて微笑《ほほえ》む。

――これにて、事件は解決だ。

キャノン・レイディムは自らの罪を認め、共謀者のハレインとラズレーンの身柄も確保される。キャノンの訴えは届かなかったが、王選に参加するエミリアへの警鐘は確かに参加者たちの心に刻まれ、陣営として大きな痛手を――、

「――さーぁて、そんなわけで今夜の余興はこれにておしまい。皆さん、いかがでしたかーぁな？　楽しんでもらえたら嬉《うれ》しいですねーぇ」

瞬間、大きく手を打ったロズワールが、朗々とそう言い放った。

それを受け、ロズワール以外の面々の顔にそれぞれ驚きが生じる。だが、ロズワールはその驚きを悪用し、反応が遅れる面々を無視して続けた。

「余興を手伝ってくれたラズレーン・エニモウ卿《きょう》、ハレイン・バンクシー嬢、そしてキャノン・レイディム卿に盛大な拍手を！」

「――――」

「拍手を！」

重ねたロズワールの号令に、思わず参加者からちらほらと拍手が上がる。自然、拍手の音が高まると、徐々に徐々に参加者たちの意識が状況を受け入れ始めた。

すなわち、全てはグウェインとロズワールの共謀、余興の推理劇だったのだと。

「辺境伯《へんきょうはく》！　これは……」

「落ち着きたまーぁえよ、レイディム卿。観衆に笑顔を向けなくては、演者としての矜持《きょうじ》に欠けるのではないかーぁね？」

　血相を変え、食って掛かってくるキャノンにロズワールが邪悪な笑みを向ける。その威圧感にキャノンが息を呑《の》むと、ロズワールはさらに小声で、

「この場は私が収める。君は話に乗っておきたまえ。そうすれば悪くはしない」

「ですが、それでは今夜のことが」

「――エリオール大森林のことは私の落ち度だ。配慮の足りなかった私の、ね」

　静かに耳打ちされ、キャノンはハッとした。そうして驚く彼女に薄く微笑み、ロズワールは何度か頷《うなず》くと、

「そーぉんなところで、今宵《こよい》の余興は全部私の手柄にしてしまおうと思うが、何か問題あるかーぁな、グウェイン殿」

「ったく、どこからそう決めてたかわかったもんじゃないが、まんまとって感じが拭えないもんだね。……こうも見世物にされたんじゃしょうがない。了解したよ」

　ロズワールの話を聞いて、仕方なしとグウェインが肩をすくめる。

　この会場の責任者と、一番被害を被った人間がそれぞれ決めたことであれば、それに否《いな》やを申し立てるものなどいない。

　それこそ、加害者であるキャノンたちでさえ例外ではなかった。

「メイザース辺境伯《へんきょうはく》、私は……」

「気持ちはわかる、とは言わない。究極、私は他人の気持ちなどわからない人間だーぁからね。だから、私は論理で詰めるよ。今回の一件、あなたは私に大きな借りを作ることとなった。今後の王選に大きく寄与してくれることだろう」

意地悪い声で言って、最後に「そのためにも」とロズワールは付け加える。

「あなたの、エミリア様に対するわだかまりは解いておかなくてはね」

「え？」

「奇《く》しくも、ナツミ嬢が仰《おっしゃ》った通りだーぁよ。直接、エミリア様とお会いすれば少しは印象も変わるでしょーぉ。少なくとも、魔女とは思えなくなる」

「……ですが、私がしたことを知れば彼女とて」

目を伏せ、キャノンが顔向けできないとばかりに提案に対して暗い顔をする。しかし、そんなキャノンの発言を聞いて、ロズワールは噴き出した。

そして、驚く彼女に笑いの衝動を残したまま、

「安心しなさい。——私がしたことと比べたら、あなたの行いなんて可愛《かわい》いものだ」

17

と、そのまま何とはなしに事件は決着を見ようとしていたが——、

「――お待ちになってくださいまし！　まだ、まだ明かされていない謎がありますわ！」

　そう言って、ドレスの裾を摘《つま》みながら強く床を踏んだのはナツミ・シュバルツだ。そのナツミの発言に、大団円へ向かった会場に再びどよめきが生まれる。

「姐御《あねご》？　どォしたんだよ。犯人もわかったし、万々歳ッじゃァねェかよ」

「万々歳じゃありませんわよ！　気球で運ばれた盗品が見つかったのは良しとして、女神像はどこへ？　二体あった石膏《せっこう》像の謎は!?」

「そりゃそーだ。レイディム卿《きょう》、そこのところは……」

「い、いや、それなんだが……」

　水を向けられ、キャノンが狼狽《うろた》える。そうして、彼女は微《かす》かに唇を震わせると、

「元々、計画では女神像を持ち去る予定はなかった。気球で運び出す計画だったため、重量制限があったんだ。だから、女神像のことは……」

「では、瞬く間に消えたとでも？　暗くなって、ほとんど次の瞬間には消えていたなんてイリュージョンですわよ！　カッパーフィールド！」

「……待ってください、ナツミさん。今、一瞬で消えてたって言いました？」

　頬《ほお》に手を当て、大げさに驚いてみせるナツミにオードリーが首をひねった。その問《と》いかけにナツミは「ええ」と整えた眉を顰《ひそ》めて、

【ナツミ・シュバルツの証言4】

通路で一人、休息していたわたくしは物音を聞いて保管庫へ向かいましたの。鍵はすでに開いていて、声をかけながら中を覗《のぞ》き込みました。そのまま薄暗い保管庫の中を少し見て回って……二体の像を確認したのもこのときですわ！

それで、誰もいない様子なのを確かめて外に出ようとしたところ、照明が消えましたの。驚いて息を呑《の》んで、十数秒ぐらいですかしら？　オードリーやグウェイン様が保管庫の中へ飛び込んでいらして、わたくしを見ていましたの。

「今でも、あのときの皆様のお顔を思い出すと、震えが止まりませんわ……」

「そういう小芝居いいんで。……でも、妙ですね」

指の震える演出を入れるナツミを無視して、オードリーは顎《あご》に手を当てて考え込む。今のナツミの証言には決定的におかしな部分が一つある。

それは、ひどく単純なものだ。

「辺境伯《へんきょうはく》が魔法灯の明かりを落として、私やグウェイン様が保管庫の扉を破るまで、少なくとも五分はかかったはず。でも、ナツミさんは十数秒って言いましたよね？」

「姉御《あねご》の体感時間がおかしくなってたッてだけじゃァねェのか？」

「さすがに五分と十秒は間違えないでしょう。話を雑に盛っていたとしてもです」

「盛ってませんわよ！」

と、盛った作り物の胸を張ってナツミが主張する。ロズワールもそうだが、よくもそこまで堂々と自分を棚上げにできるものだ、とオードリーは内心で感心した。

感心して、ふと引っかかりを覚える。

「作り物で、棚上げして……」

「オードリー？」

「ナツミさん、思い出してください。暗くなったのは、像を確認した直後ですか？」

「え？　ええ、そうでしたわね。像を確かめて、背中を向けたあたりで……」

おずおずと頷《うなず》くナツミ、その返答を受けてオードリーは深々と息を吐いた。そのオードリーの横顔を見て、ガーネットが頬《ほお》を歪《ゆが》める。

「オードリー姉貴、なんか思いついたッて顔してやがんぜ？」

「そうですね。思いつきました。――グウェイン様、ナツミさんの魔法属性を確かめた『ミーティア』ですが、こちらへお持ちいただけますか？」

「そりゃ、持ってくるだけだし構やしないが……どうすんだい？」

「簡単ですよ。――このお話の最後の登場人物、その魔法属性を確かめるだけです」

18

**【オードリー・スフレの推理】**

その人物はキャノン・レイディム卿《きょう》、それからハレイン・バンクシー嬢と結託し、今回の計画に参加しました。役割としては実行犯、それを負う重要な立場になります。

彼は計画通りに事を進め、保管庫から盗んだものを気球に載せて飛ばすことに成功しました。ですが、ここで問題が発生しました。――ナツミさんの存在です。

気球を飛ばしたあと、保管庫の鍵を閉める氷の仕掛けの準備中、扉が開いていることに気付いたナツミさんがやってきてしまった。

中にいるところを見られては困るその人物は慌て、とっさに女神像の隣に飛び込んだ。

そして、直立不動の姿勢を取り、保管庫の中で二体目の石膏像《せっこう》になり切ったんです。

「それにより、ナツミさんの目を誤魔化《ごまか》すことに成功したと」

「ま、待ってくださいまし。確かに一瞬は誤魔化されるかもしれませんけれど、そんな小細工すぐに見破られますわよ!?」

オードリーの推理を聞いて、自分の注意力散漫を指摘された気分でナツミが反論する。

そんなナツミの言葉にオードリーは「そうですね」と頷《うなず》いて、

「だから、小細工を重ねた。ナツミさんの感覚と、実際に照明が落ちていた時間には大きな開きがありましたね？　ナツミさんは唐突に凶器や被害者が出現したとも」

「あァ、言ってたなァ。で、それがなんなんだ？」

「――シャマクですよ」

ガーネットの問《と》いかけに、オードリーは片目をつむってそう言った。

『シャマク』とは陰属性の初歩的な魔法の一つで、対象の意識を現実と切り離す一種の幻惑のようなものだ。対象は意識の断絶さえ感じず、時間の流れも曖昧になる。

つまり、ナツミは像に扮《ふん》した犯人に、背を向けた瞬間に魔法をかけられていた。

「だから、ナツミさんと私たちの間には時間の開きがある。ナツミさんは魔法灯が落ちるより早く暗闇の中にいて、その後、魔法が晴れたあと、私たちと同じ暗闇に」

「そ、そんなことが⁉ でも、だとしたら犯人は……」

顔を蒼白《そうはく》にしたナツミに、オードリーは頷《うなず》きかけた。そして、オードリーは手にした『ミーティア』――持った対象の魔法属性、それに適した色へ変わる宝珠を、そっとすぐ傍《かたわ》らの人物の膝に乗せた。

途端、ゆっくりと宝珠の色は、ぼんやりと淡《あわ》い黒へ染まっていって――、

「――ラズレーン・エニモウ卿《きょう》は陰属性。彼が被害者であり、事件の実行犯です」

そのオードリーの一言が、今宵《こよい》の事件の真の幕引き――、

「――え? ワシ、なんかした?」

――訂正。そんな、記憶と共に計画も全部忘れた人物の言葉が、事件の幕引きだった。

## 19

「色々と、奔走してもらって悪かったね、オードリー嬢」

パーティーの参加者たちの見送りをしていたグウェインが、ぐったりと休息中のオードリーの下を訪れたのは、事態の収束から二時間ほど経ってからのことだった。

真相を暴くのに貢献してくれた、とグウェインは感謝の言葉をかけてくれたが、オードリー的にはそれに素直に喜べない。正味、身内の恥が色濃すぎる。

「幸い、大きな問題には発展しないようで安心しました。……ガーネットの暴挙については、きっちりとご家族と想《おも》い人に叱ってもらいますが」

「はは、容赦のないもんだ。まぁ、おじさんとしては大事な鐘楼が傷付けられたのは痛手だが、そこはロズワールちゃんがきっちり弁償してくれるってんでね」

「キャノンさんのことといい、私はあの方のことがよくわかりませんよ……」

自分自身の計画のため、エミリアたちや領民のことを無慈悲に利用したかと思えば、今日の三人の女装のような悪ノリを許容し、明確な自分への敵対行動を取ったキャノンたちに温情をかけたりもする。行動が一貫しているとはとても思えなかった。

「ロズワールちゃんの中では一貫してるんでしょーよ。おじさんもそれなりの付き合いだけど、底知れない相手だからねえ」

「同感です。……だからこそ、ホッとしました」

「――女神像やらの盗難の犯人が、ロズワールちゃんじゃなかったことに？」

片目をつむったグウェインの問《と》いかけに、オードリーは隠しても無駄だと頷《うなず》いた。

結局、今宵《こよい》の出来事はロズワールに罪を着せるための策略だったのだが、オードリーは最悪の可能性を常に想定していた。――本当に、犯人がロズワールの場合だ。

それというのも、オードリーが女装して今夜の催しに参加した本当の理由。――熱で同伴できなかったラムが、オードリーに頼み事をしたのだ。

それが――、

「……今夜の競売に、辺境伯《へんきょうはく》が執着する曰《いわ》くつきの品があるかもと」

そんなラムの予感を笑い飛ばせなかったのは、彼女の勘が飛び抜けて優れていることへの信頼と、その予感が当たった場合の被害を恐れてのことだった。

「だけど、杞憂《きゆう》でした」

「ま、おじさんも本気で疑っちゃいなかったさ。仮にロズワールちゃんが暴挙を働くにしても、わざわざ保管庫から盗み出す必要がない。鐘楼の弁償もそうだけど、その気になれば財力で殴れる。そこも怖いとこなんだが」

やれやれと肩をすくめ、それからグウェインはオードリーに手を差し出した。握手を求められ、オードリーは快くそれに応じる。

「さて、まだまだ後片付けがあるんで、これで失礼するよ。重ね重ね、感謝するよ、オードリー嬢。お友達のナツミ嬢とガーネット嬢によろしく」

「はい、こちらこそ、大変お世話に……うわ!?」

突然、その握手する腕を引かれ、オードリーは驚く。そして、引き寄せたオードリーの耳元に、グウェインはそっと小さな声で、

「――次は、ちゃんとした格好のときに話したいもんだ。おじさんとの約束よ、これ」

それだけ言い残し、グウェインは笑いながら背を向けた。その遠ざかっていく背中を見送りながら、オードリーは――否《いな》、オットーは小さくため息をついて、

「……やれやれ。やっぱり、辺境伯のお友達ですよ。食えない人だなぁ」

と、この夜、一番手強《てごわ》かっただろう人物を、そう正当に評価したのだった。

20

「――かくして、ラズレーン・エニモウ卿《きよう》の記憶と共に、盗まれた女神像の在処《ありか》は不明のままに落着したと。もっとも、今宵の出来事の責は私が引き受けると、そう約束してしまったかーぁらね。グウェイン殿には言質《げんち》を取られてしまった」

「――故《ゆえ》に、今宵のパーティーや失《う》せ物となった女神像の賠償金など、全て旦那様が支払うことになったと。痛快」

「痛快とは言ってくれたものだーぁね」

そう言って、すでに世界が寝静まった夜更《よふ》けにロズワールが微笑《ほほえ》む。

場所はグウェイン・メレテーの屋敷より少し離れた、人気《ひとけ》のない森の中の湖畔だ。水べりに佇《たたず》む人影は二つ、ロズワールと、それに相対する細身の長身――、

「それにしても、助かったよ、クリンド。よくアンネローゼを欠席させてくれたねーぇ」

「いえ、アンネローゼ様は熱を出されまして欠席を。私の関与はなく。否定」

「熱……？　彼女は大丈夫なのかい？」

「はい、嘘《うそ》ですので。アンネローゼ様は、エミリア様が出席されないと聞いて参加する気をなくされました。親愛」

腰を折り、淡々《たんたん》と述べるのは片目にモノクルを付けた針金のような印象の美丈夫。ロズワールの親類であるアンネローゼの従者、クリンドだ。

そのクリンドの言葉にロズワールは顔をしかめ、

「君はよくよく無意味な嘘をつくものだーぁね。長い付き合いでもそれは変わらない」

「付き合いが長いからこそ、かと。それに旦那様がアンネローゼ様をご心配される姿は、私にとっても快く。悪戯《いたずら》心」

「やれやれ、君はこれだから。……それで、例のものは？」

微笑《ほほえ》みもしないクリンドに肩をすくめ、ロズワールが微《かす》かに声を低くする。と、クリンドは「こちらに」と布を被《かぶ》せた物品を水べりに持ってくる。

その布を、ロズワールが手を伸ばして外した。すると――、

「――これが、件《くだん》の女神像か」

「旦那様のお望みの通りに持ち出して参りました。隠密《おんみつ》」

胸に手を当て、一礼するクリンドにロズワールは顎《あご》を引いた。

――これが今宵《こよい》、グウェインの屋敷から盗み出され、その在処《ありか》がわからなくなったことで決着したその女神像だ。

キャノンたちの計画は悪くはなかった。ロズワールに罪を着せようとしたところも、ロ
ロズワール好みだったと言える。ただ一点、彼女たちがしくじったのは――、

「女神像の一件に関して、私は特に冤罪《えんざい》ではなかったということだーぁね」

「旦那様が魔法灯の明かりを落とし、その間に私が女神像を盗み出す。とはいえ、同じ目論見《もくろみ》をしたものがいると思わず、とっさの対処をしてしまいましたが。反省」

「とっさの対処って、エニモウ卿《きょう》の頭を女神像でぶん殴っていったことかい？」

クリンドは否定をしない。彼なりに恥じているのか、何も思っていないのか。その胸の内ばかりはロズワールにもわからない。読み取る努力も特にしない。

どうあれ、彼はロズワールの指示に忠実に従った。それだけでいい。

「うっかり巻き込まれたスバルくんには悪いことをしたけーぇどね。その後の、オットーくんやガーフィールの奔走も……実に見物だったたね」

「旦那様は良い性格をしておいでです。悪趣味」

「趣味の話で君に言われるのは何とも心外だが……さーぁて」

そう言って、ロズワールは左右色違いの瞳を細め、正面にある女神像を見つめた。その

ロズワールの視界で、月明かりを浴びる女神像が徐々にその姿を露《あら》わにする。

それは美しい、長い髪の女性の姿を模した像。女神と形容するに相応しい荘厳さだ。

その女神像へ、ロズワールはそっと掌《てのひら》を当てると、

「——消えてくれ」

呟《つぶや》きの直後、女神像の胸部からひび割れが発生し、壊音を立てて像が砕かれる。白い破片が水音と共に湖に沈んでいき、復元は不可能。目的は、果たされた。

「所有者を変えながら、次々と悲劇を生んできた呪いの女神像も終焉《しゅうえん》のご様子。幕引き」

「呪いの女神像なんて馬鹿馬鹿しい。ただ、周囲の人間が欲望をぶつけ合った結果、たまたま生まれた悲劇を女神像のせいにしただけだよ。——くだらない」

どことなく、苛《いら》立《だ》ちを堪《こら》えた声色で呟くロズワール。そんなロズワールの横顔をクリンドは静かに見据え、短く息をつくと、

「……誰が呼んだか、女神像ですが、エキドナ様には似ても似つきません。秀作」

「——。ああ、そうだね。全く似ていない。こんな出来《でき》で女神像なんて、冗談じゃない」

砕け散った破片を見つめ、それの沈んだ湖を見やり、湖面に映り込んだ揺らめく銀色の月を眺めながら、ロズワールは嘆《たん》息《そく》した。

「——まったく、出来の悪い喜劇のような夜だったーぁね」

《了》

# 『魔女のアフターティーパーティー　魔女の条件』

## 1

冷たい水に手を浸して、コレットは思わず細い肩を震わせた。

「うう、冷たい。冷たいわ……」

白い息を吐きながら、かじかむ指先を水の中でこすり合わせる。ゆっくりとした動きでこびりついた汚れが川の水に溶け、手指の感覚が戻ってきた。

めっきり寒くなってくる時期だ。元々、コレットの生まれ故郷はあまり気温が高くならない土地だが、慣れていれば氷季の冷たさが応えないわけではない。おまけにこの年は、例年と比べてもずいぶんと空気の冷え込みが強かった。

などと、まだ十二歳のコレットが例年なんて言葉を使うと、大人に生意気だと笑いものにされてしまうかもしれない。

「さ、綺麗《きれい》になったわ。それでも、冷たい……早く火に当たらないと」

洗った手を水の中から引き上げ、コレットは傍《かたわ》らの切り株の上に置いていた腕輪を手に取って、手首に通した。そして、細い肩を震わせ、小屋の方へ振り返る。

そう思うと、笑いながら震えている少女が可哀想《かわいそう》に思えて、コレットは温めたばかりの白湯《さゆ》をそっと差し出し、その辛《つら》さをねぎらってあげようとする。

「温かい飲み物か。とても助かるよ。低体温症の対処は、体温を元に戻すことが最優先なんだ。その点、体の内側から温めるのは理に適《かな》っている。見たところ、教育も不十分な環境の生まれだろうに、よくそういう知識があったものだね」

「教育は、よくわからないわ。でも、寒がりさんに温かい飲み物を渡すのは、大人じゃなくて子どもだって知ってることでしょう?」

「……確かに。これはワタシの方が頭でっかちだった。ありがたくいただくよ」

唇を綻ばせ、少女が白湯に口を付ける。と、白湯が熱かったのか、「あちちち」と危うく器を取り落としかけ、息を吹きかけながらどうにか白湯を飲み始めた。

「……不思議な子」

思わず、コレットはそう呟《つぶや》いてしまう。

冷たい川を流れてきた少女。――その表現だけでも十分に不思議な雰囲気だが、それ以上に様々な部分がちぐはぐな印象を受ける少女だ。

長い桃色の髪と、華奢《きゃしゃ》で小柄な少女には全く見合わない男物の外套《がいとう》や履物。見た目の年齢はコレットとそう変わらず、背丈はやや低いだろうか。ただ、その顔立ちは思わず見惚《みほ》れてしまうほどに整っていて、年齢不相応な美しさが宿っていた。

そして、そんな少女の外見的特徴で最も目を引くのが――、

「この耳が気になるかな？」

少女にそう言われて、コレットは初めて、自分が彼女の耳をじっと見つめてしまっていたことに気付いた。少女の──その、特徴的な長い耳を。

世界には様々な種類の亜人が共存しているが、その中でも、美しく、耳の長い種族といえば有名どころが一つしかない。

「あなたは、エルフさんなの？」

「その質問の答えは難しいところだ。確かに、この体の元となった少女にはエルフの血が流れていたが、こうして再現された体に同じ血が流れているかは難しい。さらに詳しい話をするなら、精神と肉体のどちらを主軸に置くかという話でもある。この体はエルフを元としているが、ワタシの精神は明らかにそうではなく……」

「ええと、ええと……？」

「……また、ワタシの悪い癖が出てしまったな」

せっかく少女が質問に答えてくれたのだが、その内容が難しくてちっともわからない。

そのまま目を回していると、少女が自分の胸元に指で触れ、息を吐いた。

その少女の胸元、何やら青く輝く石のようなものがぶら下げられている。とても綺麗《きれい》に見えたそれを指で摘《つま》んで、少女は「わかったわかった」と独り言をこぼした。

「どうにも、うるさい子たちがいるのでね。円滑に話を進めるためにも、この場はワタシはエルフであるということで通しておくよ」

「――！　じ、じゃあ、もしかして、あなたってわたしよりずっと年上なのかしら？」

「年齢かい？　この肉体の話なら、ざっと四百歳と言えないこともないかな」

「四百歳……っ！」

エルフは、見た目よりずっと長生きする種族だと聞いていた。が、それにしても四百年なんて驚きで、想像もつかない。だって、四百年といえば。

「『嫉妬《しっと》の魔女』が悪さをしてた頃の……」

「――――」

口をついて、忌まわしき『魔女』の名前を漏らした直後、少女の表情が曇る。

それは文字通り、曇ったとしか言えない表情で、コレットは自分の迂闊《うかつ》な発言が彼女を傷付けてしまったのかと、いたく反省した。

「ああ、君は悪くないんだよ。ただ、ちょっとワタシの方に思うところがあっただけでね。そういえば、恩人の名前もまだ聞いていなかったな」

「……あ、わたし？　わたしはコレット。この小屋で暮らしてるの」

「なるほど。覚えたよ、コレット。ワタシの名前は……オメガ。ひとまず、それでいい」

「オメガ、ちゃん……？」

「ちゃん付けとは、あまりない経験だ。実に甘美な響きだね」

コレットの失敗を咎《とが》めずに、少女――オメガは可愛《かわい》らしく、しかしどこか知性的な微笑《ほほえ》みを浮かべた。そして、その微笑みを浮かべたまま、

「甘美ついでになんだが、食べるものはあるだろうか？　どうやら白湯《さゆ》で、眠っていた胃腸が活動を再開したようでね。……お腹《なか》が空《す》いて仕方がないんだ」

甘え下手なのか上手なのか、曖昧なところを大いに感じつつ、コレットはオメガからの要求に快く応えることにした。

幸い、コレットの小屋にはオメガを拾う直前に捕まえた兎《うさぎ》がいたので、それを手早く処理して、空腹のオメガのために調理する。

「ふむ。コレット、君はまだ幼いのにずいぶんと刃物の扱いが手慣れているね。兎を捌《さば》く手にも迷いがない」

「わたし、両親がいなくて、早くから大人の仕事を手伝っていたのよ。だから、こうやって野兎を獲《と》るのも得意なんだから。あ、オメガちゃんはお肉は大丈夫？」

「ああ、問題ないよ。それにしても、兎、兎か……」

「――？　兎がどうかした？」

「いいや、兎とは直近で縁《えん》があったものだから、数奇なものだと思ってね。もちろん、食べるのには何ら支障はない。楽しみにしているよ」

期待され、コレットはこの珍客にちゃんとしたものを出さなくてはと意気込む。

本当なら時間をかけて香草と一緒に焼きたいところだが、空腹の度合いが高まりすぎて床に倒れているオメガを見ると、どうやら一刻の猶予もない。

仕方なく、ペッパとソルテを軽く振りかけ、さっと焚《た》き火で焼き上げたものを速度重視で提供する。香りに誘われ、ふらふらと立ち上がるオメガ。

「はい、どうぞ。熱いから、気を付けて食べてね」

「おっと、それはさっきの白湯《さゆ》の失敗を見てのことだろう？　確かに、さっきから度々、君にはワタシが不手際を重ねるところを見せているが、一度した失敗を繰り返すようなことはしないさ。この体はどうやら、ワタシ本来の体より猫舌なようだしね」

正直、もう何を言っているのかさっぱりわからないが、差し出した兎《うさぎ》の骨付き肉を受け取ると、オメガはしっかりと息を吹きかけ、それから上品にかぶりついた。

上品にかぶりつく、とはおかしな表現とも感じるが、少なくとも、コレットの目にはそうとしか表現できないように見えたのだ。村で一番大きな家で暮らしているパルミラだって、こんな風に魅せる食べ方はできないと思う。

「さっきの川で流れていたのもそうなんだが、ワタシはかなり長いこと眠っていてね。自分の足で立って歩くのもずいぶんと久しぶりなんだ」

「そうなの？　それで、泳ぎ方を忘れちゃったんだ？」

「いや、泳げないのは元々だよ。川を流されていたのは、喉《のど》が渇いて水を汲もうとして足を滑らせたからなんだ。記憶より足が短かったから……」

骨付き肉を齧《かじ》り、泳げないと豪語しながら足を振るオメガとの会話は、緩やかで退屈な時間を過ごすのに慣れていたコレットには新鮮だった。

聞けば、オメガは当てのない旅の真っ最中とのことらしい。正直、オメガの年齢と、状況処理能力では一人旅など危険もいいところではないかと思われた。

そこでコレットは躊躇《ためら》いつつも、こんな提案をしてみた。

「あの、もしよかったら、しばらくわたしの小屋に泊まっていかない？　これからもっと寒くなるし、旅の準備はちゃんとした方がいいと思うの」

「ふむ。それはありがたい申し出だね。しかし、君にそうまでしてもらっても、ワタシから返せるものは多くないんだが……」

「……だったら、お話を聞かせてちょうだい」

「話かい？」

提案に前向きな返事があって、コレットはオメガが躊躇う理由をこちらから取り除く。四百年以上を生きる、長命のエルフ。――今の世界を生きる、多くの人々が知らない出来事を身近に知っている存在。

「わたしが知らないお話を聞かせてもらえたら、とっても嬉《うれ》しいと思うわ。……例えば、ずっと昔の、みんなが知らない時代のお話とか」

「――――」

そうコレットが頼むと、オメガは片目をつむり、頷《うなず》いた。

そして――、

「やっぱり、普通は知りたがるものだよね。その点も、彼は変わっていたな」

「――？」

「すまない。こちらの話だ。――構わないよ。元々、誰かと話をするのはワタシの好きなことだからね。そんなことでいいのなら、しばらく厄介になろうかな」

と、オメガは薄く微笑《ほほえ》み、コレットの提案を受け入れたのだった。

3

「四百年前、世界は人間にとっては生きづらい世の中だった。どの国でも魔法は亜人や精霊の専売特許でね。人間は火を起こすのも一苦労だったものさ」

そう語りながら、オメガは指を鳴らして焚《た》き火の炎を踊らせた。

オメガがコレットの小屋で過ごして数日、極々短い時間で、この幼い姿のエルフは次々とコレットの常識を塗り替えてくれた。

最初、川を流れてきたときには危うさの塊に思えたオメガだが、日常の様々な場面で知識や魔法を披露してくれるその姿に、コレットは認識を改めた。

オメガは迂闊《うかつ》だし、粗忽者《そこつもの》だ。しかし、そんな性質の彼女が平然と旅を続けられるのは、それを可能とするだけの『力』を彼女が有しているから。

指先の動きだけで火を生み出し、水を沸かせ、風で薪を作り、土を耕す姿を目の当たりにすれば、オメガがいかに力ある存在なのか、すぐにわかる。

「魔法の腕？　そうだね。こんなものは練習すれば誰でもできるようになる、と言いたいところだが、それは無理だ。魔法も技術だから、個人の資質に依《よ》るところが大きい。ワタシの知る限りだと、ワタシと同じことができるのは歴史上、二、三人しかいないよ」

世界ではなく、歴史という表現が、オメガの大人物ぶりを想像させる物言いだ。

自慢するでもなく、大げさだと笑い飛ばす気も起こさせず、そう言ってのけるオメガの横顔に見惚《みほ》れ、コレットはハッとなる。

自分は世界有数の存在であると、驕《おご》りとは無関係に堂々と言い放ったオメガ。そんな彼女の姿に、コレットの脳裏を掠《かす》めたある単語があった。

それを思い切って口にしたなら、オメガはどんな反応をするだろうか。

「――言いたいことがあるなら、言ってみたらどうだい？」

押し黙ったコレットを見て、オメガが静かな声音でそう言った。

その、澄んだ青い瞳に囚《とら》われるような気分で、コレットはその『単語』を口にする。それを聞いて、オメガはこれまでで一番、見惚れるような微笑を浮かべ、

「ああ、そうだとも。――ボクは、悪い魔女なんだぜ？」

と、そう答えたのだった。

――つまり、コレットの生活は、太古の時代を知る『魔女』との日々となったのだ。